DREAMBOOKS

DREAMBOOKS★

DREAMBOOKS

태선 판타지 장편소설

FANTASYSTORY & ADVENTURE

dream
books
드림북스

신룡의 주인 10

초판 1쇄 인쇄 / 2015년 8월 13일
초판 1쇄 발행 / 2015년 8월 26일

지은이 / 태선

발행인 / 오영배
책임편집 / 편집부
펴낸 곳 / (주)삼양출판사 · 드림북스

주소 / 서울시 강북구 도봉로 173
대표 전화 / 02-980-2112 팩스 / 02-983-0660
편집부 전화 / 02-980-2116 팩스 / 02-983-8201

등록번호 / 제9-00046호
등록일자 / 1999년 3월 11일

값 8,000원

ISBN 978-89-542-4753-5 (04810) / 978-89-542-4574-6 (세트)

* 지은이와 협의하에 인지는 생략합니다.
* 잘못된 책은 구입한 곳에서 바꾸어 드립니다.

이 도서의 국립중앙도서관 출판시도서목록(CIP)은 서지정보유통지원시스템홈페이지
(http://seoji.nl.go.kr)와 국가자료공동목록시스템(http://www.nl.go.kr/kolisnet)에서
이용하실 수 있습니다. **(CIP제어번호: 2015021802)**

신룡의 주인

태선 판타지 장편소설

FANTASYSTORY & ADVENTURE

10

dream books
드림북스

신룡의
주인

Contents

Chapter 1

천칭의 기로

1.

카이의 열이 높아진다. 손을 대는 것조차 힘들 정도로 체온이 올라간다. 헐떡이는 숨소리를 따라 비늘이 물결친다. 뜯겨 나가는 허물 아래로 생이 용암이 되어 끓어오른다.

"마마……."

카이는 가쁜 숨을 내쉰다. 샨은 적신 수건으로 어떻게든 체온을 낮춰 보려 했지만, 수건의 물기는 카이의 몸에 닿기가 무섭게 증발한다. 이렇게 된 거 수건으로 적실 게 아니라 통째로 물을 부어야 하는 건 아닐까. 샨은 망설인다.

카이의 목소리가 변한다. 여성의 목소리였다가 남자의

목소리였다가, 급변하길 반복했다.

"마마, 나는 당신에게 내 인생을 주고 싶어."

카이는 백태가 낀 눈으로 샨에게 앞발을 내밀었다.

"그러니, 마마도 내게 마마의 인생을 주세요."

소년은 놀란 눈으로 카이의 앞발을 바라본다. 쥐는 것도 거절하는 것도 하지 못하고 그저 바라만 보는 게 전부다. 라온은 팔짱 낀 채로 둘을 바라본다.

'흔한 드래곤의 주인 의존치고는 뭔가 느낌이 다르고, 아마 서약이겠군요.'

용은 2차 성징을 겪을 때 주인과 자신의 관계를 새로이 정립한다. 유아기 때야 주인이 부모 역할을 맡지만, 2차 성징이 끝나면 그때부터는 주인 없이도 살아갈 수 있다.

카이는 샨에게 배우자의 역할을 원하고 있다. 인생을 전부 달라고, 반려자가 되어 달라고, 주인의 모든 것을 원하고 있었다.

'원래라면 졸업할 때까지 생길 일이 아니기에 아직 가르친 바 없거늘.'

빨랐다. 성장 속도가 너무나도 빨랐다. 지금까지 라온은 수업 시간에 2차 성징에 대한 것들을 자세하게 알려준 바 없었다. 애초에 드래곤을 다루는 이들이 흔치 않은 데다가, 보통은 졸업할 때까지 2차 성징이 찾아오는 드래곤이 없기 때문이다.

카이의 눈동자가 금빛으로 부푼다. 그러자 샨의 눈동자 역시 카이와 똑같은 색으로 물들기 시작했다. 두 사람이 만들어 낸 마력의 파동이 바람처럼 솟아오른다.

샨의 흑발이 깃발처럼 흩날린다.

용과 주인은 서로를 바라보고 있지만 실제로 보고 있는 것은 겉모습이 아닌 더욱 깊은 곳. 샨과 카이의 드래곤 스톤이 빛났다.

영혼과 영혼이 동조한다. 두 사람을 잇던 계약의 사슬이 금빛으로 실체화되기 시작했다.

라온은 한 걸음 뒤로 물러난다.

'건드리면 위험하겠군요.'

동화(同化)를 뛰어넘는 영혼적 교류가 이어진다. 샨의 뇌는 드래곤과 완연하게 이어진다. 무엇 하나 숨기는 부분도 없이 둘은 서로를 바라본다. 무의식의 파도가 이성을 삼킨다. 동조는 예지로 이어진다. 정보의 파도 속에서 샨은 '나비'를 보았다. 파도 위를 날아가는 나비는 날개가 시리다. 예언의 끝에서 샨이 손을 뻗었다.

"카이, 나는 네게 나를 줄 수가 없어."

카이가 대답했다.

"마마의 인생은 이미 '세계'에게 주었으니까. 그게 바로 알테리온이니까. 하지만 마마, '나비'는 겨울을 넘기지 못해. 당신이 세계에게 자신을 주어도 세계는 아무것도 돌려주지 못해. 애초부터 이 세계는……."

"텅 비어 있으니까."

예지다. 예언이다. 라온은 두 사람의 대화에서 특별함을 느낀다. 예언이란 고도로 계산된 상상력이다. 그렇기에 아무리 무의식과 무의식을 공유한다고 한들 이런 예언은 나오지 않는다. 집단 무의식의 보고라고 할 수 있는 신조차도 자세한 예언은 하지 못한다. 모든 꿈이 미래를 예언하나 구체적으로는 말하지 않듯, 무의식은 반드시 어떠한 상징을 통해서 표출된다.

'나비는 알테리온가의 문장, 그러나 그 외에는 상징을 쓰지 않고 있군요.'

샤이 말했다.

"나와 똑같아. 카이, 나 역시 텅 비어 있으니까. 그러니까 더더욱 나는 나를 세계에게 주었어."

카이의 눈에서 눈물이 흘러내린다. 그러나 그 눈물조차도 열기에 증발한다. 여성의 목소리가 울린다.

“그렇구나. 나는 그런 당신의 장의사밖에 되지 못하는구나. 장례 전야를 지키며 이 세계의 끝에서 당신을 파묻어 주는 것밖에 하지 못해.”

카이가 고개를 들어 창밖을 바라본다. 그 목소리가 다시 남성의 것으로 변해 간다.

“나는 당신의 죽음을 지키고, 그 후에 있을 당신의 혼인을 지켜. 그리고 자라날 당신의 아이들을 두고 사라지겠지.”

샨이 손을 뻗었다. 황금색 눈동자에 카이와 같은 눈물이 흘러내린다.

“카이, 네 인생을 줘. 나는 아무것도 줄 수 없지만, 카이는 내게 너를 줘.”

주인의 부름에 카이가 답했다.

“그리하오리까. 누구보다 선하고 누구보다 이기적인 주인이시여.”

손과 앞발이 닿는다. 마력의 파동이 이어진다. 둘을 잇던 약속의 사슬이 깨진다. 그리고 새로 생겨난다.

마력은 빛이 되어 꽃잎처럼 흩어진다. 덧없이 사라지는 빛의 단말마를 바라본다.

둘은 그것을 끝으로 그대로 의식을 잃었다. 카이의 이마에 돋아난 뿔이 한층 자라났다. 라온이 작게 한숨을 내쉬었다.

"역시 본교 최강의 막장 커플."

그는 샨을 들어 간이침대에 눕혔다. 카이는 이대로 두어도 상관없으리라. 라온 교수는 판단했다.

둘은 약속이라도 한 것처럼 서로 정반대 방향으로 태아처럼 몸을 웅크렸다.

라온은 잠든 둘을 한참 바라보다 손을 뻗어 샨의 이마를 쓸었다.

무의식의 파도 속에서 둘은 무엇을 본 걸까.

무슨 미래를 봤던 걸까. 그 끝이 결코 좋은 미래는 아니었던 것 같다.

라온 교수는 묵혀 놨던 술병을 땄다.

오늘은 독주가 아니면 안 될 것 같았다.

2.

초원을 달렸다. 태양이 망막을 두드린다. 눈앞의 작은 메뚜기가 발등 위로 튀어 올라간다. 풀이 바람을 따라 드러눕는다. 신록의 물결 사이로 내딛던 발이 어느 한순간 바람을 밟았다. 깎아지른 절벽, 바람을 느끼며 한순간 솟구친다.

'아, 이건 카이의 감각이야. 카이가 날고 있는 거야.'

양팔, 겨드랑이 사이로 공기의 층이 느껴진다. 바람과 바람 사이에 탄력 있는 공기가 있다. 본능적으로 그 공기를 후려친다.

펄럭.

그 한 번에 끝까지 날아오른다. 용이 어떻게 하늘을 나는지는 밝혀지지 않았다고 한다. 몸체에 비해 날개는 작고, 양력을 받기에는 도움닫기 거리도 턱없이 짧다. 그럼에도 용은 너무나도 쉽게 난다. 해룡이나 지룡처럼 애초부터 날지 못하는 용이 아니라면 모든 용들은 하늘을 날 수 있다.

단 한 번도 어미 용을 본 적 없는 새끼조차 나는 법을 알고 있다. 샨은 그 비밀을 알 것만 같았다.

판판하던 지평선이 고도를 높일 때마다 점점 곡면을 그려 간다. 중력이, 마력이, 이 세계가, 달과 하늘과 대지 앞에서는 그 무엇도 속박할 수 없다는 걸 느꼈다.

그건 경의였다. 진정한 자유였다.

샨은 포효했다. 드래곤의 울음소리가 대지를 뒤흔든다. 대지는 북이 되어 진동했다. 별이 보였다. 세계와 세계의 경계가 보인다.

울음소리에 화답하여 대지가 고함을 지른다.

인간의 언어로는 알아들을 수 없는 말이었다. 그러나 머리가 아닌 심장으로 알아들을 수 있었다.

『왕이시여. 위대한 왕이시여. 종(種)의 단말마시여. 우리가 부르짖어 그대를 부르고, 그대는 화답하였나니. 춤추는 천칭이여. 우리의 메아리를 들으소서. 고난을 들으소서.』

대지의 껍질이 까맣게 벗겨진다. 마치 피부의 각질을 벗겨 내는 것 같다. 아니, 각질 같은 게 아니었다. 그것은 철새 떼들이었다. 아니, 철새도 아니었다. 수만 마리의 드래곤들이었다. 그들이 일제히 날아올랐다.

『우리는 이 세계에 속하지 않은 자. 용계로 떠나지 못한 마지막 용손(龍孫)들이오니 혈맥과 혈맥의 이름으로 들어주소서. 천칭이여. 우리의 삶은, 우리의 죽음은 어디로 떠나야 함이오리까.』

샨은 대답하지 못했다. 수만, 수십만, 수백만의 드래곤들이 아우성을 친다. 대기와 달과 별을 덮으며 그들이 절규한다.

『이 세계를 살펴봤음이 분명한 자여. 인간과 용을 잇는 자여. 우리의 삶을 들으소서. 천칭이여. 부디 그 팔을 접으소서.』

아아, 까맣다. 달이 새카맣다. 한 사람의 목숨과 이 세계 전체의 무게를 따진다면 이 세계의 무게가 더 무겁다고 말하는 이는 많으리라. 그렇다면 용족 전체의 무게와 인간이라는 종(種)의 무게 중에서는 어느 게 더 무겁다 할 수 있을까?

천칭은 춤을 춘다. 비록 꿈속이지만 인간의 머리로 카이의 비밀을 엿보았다.

그것은 결코 언어화를 할 수 없는 비밀이었다.

진정한 비밀은 결코 말로는 전해지지 않기에.

샨은 꿈속에서도 망막을 닫았다.

3.

열이 45도가 넘었다.

라온은 체온기를 내려놓는다. 보통 사람이라면 뇌가 익었을 온도다. 그럼에도 샨은 버티고 있다.

동화(同化)의 상위 단계로 올라가는 중이다. 카이와 샨은 이제 단순히 계약의 돌로 연결된 관계를 넘어섰다. 2차 성징을 지나면서 카이의 무의식 일부는 샨이, 샨의 무의식 일부는 카이가 갖게 된다. 그렇기에 드래곤 마스터와 드래곤의 거리 조절은 무척이나 중요하다.

'마이어하트 가문처럼 철저하게 가축으로만 대했다면 이러지는 않았겠죠.'

아마 크롬의 경우에는 그의 무의식이 플라멜에게만 전해질 테니 부담은 드래곤만 지게 된다. 그러나 샨은 그러지 않았다. 친구보다도 긴밀한 거리를 정했다.

그렇다고 둘이 반려자로서 맺어진 건 아니다. 사실 라온은 카이 같은 고등 드래곤이라면 반려가 되어도 이상하지 않다고 생각했다. 그만큼 카이는 보통 드래곤과는 다른 존재였다.

끝없는 마력이나 어떤 드래곤이 쓴 기술이든 한 번만 보면 그것을 똑같이 사용하는 점도 그랬다. 마치 스펀지처럼 끊임없이 힘을 빨아들였다.

반려자가 아님에도 둘은 평생을 약속했다. 샨이 자신을 줄 수는 없다고 했다. 자신은 이미 '세계'에 팔렸다고 했으니까. 그래도 샨은 카이의 인생을 달라 했고, 카이는 거기에 응했다.

그 관계를 뭐라고 표현할 수 있을까? 인간의 언어로 표현할 수 있는 단어가 있긴 할까.

친구보다는 끈끈하고, 연인보다는 쓰디쓴 맛일 거다.

"가족……이라고 표현하기도 애매하고."

라온은 저도 모르게 혼잣말이 튀어나왔다. 가족, 가족이라.

다크엘프의 가족은 보통 다른 종족들의 가족 개념과는 다른 양상을 보인다.

때에 따라서는 원수보다도 먼 게 다크엘프의 가족이다. 그렇기에 다크엘프들은 씨족이나 혈족(血族)이라는 표현을 즐겨 사용한다.

그렇다면 두 사람의 관계는 무엇으로 정의하는 게 좋을까.

그 역시 인간의 기준으로는 짧지 않은 생을 살아오면서 숱하게 많은 드래곤과 그 주인들을 봐 왔다. 언젠가 자신을 죽여 줄 것을 약속한 계약도 있었고, 단순히 정략결혼을 피하려고 용에게 반했다며 거짓말하기 위해 계약한 자도 있었다. 주인은 돈을 벌려고, 드래곤은 이 세상 산해진미를 다 먹어 보려고 계약하는 것도 봤다.

그 수많은 일화들 중에 단 한 번도 이런 예는 없었다.

라온은 혀를 찼다.

"오래 살고 볼 일이라더니."

라온은 먹던 술에다가 해열제를 섞는다. 보통 사람이 먹는 정량의 여섯 배나 여덟 배쯤은 되는 양이다. 잘못 먹으면 평생 귀가 안 들리는 부작용이 있는 약이다. 그럼에도 팍팍 섞는다.

"이런 계약의 일례가 없긴 한데, 드래곤 2차 성징 때 주인이 죽는 경우는 꽤 봐서요."

드래곤의 힘을 주인이 감당하지 못할 때 일어나는 일이다.

샤이 지금까지 버틴 건 용하지만, 카이의 잠재력이 라온 교수가 생각했던 것보다 훨씬 뛰어났던 모양이다.

혼수상태에서 신음을 내뱉는 샤을 향해 라온 교수가 친절하게 설명해 줬다.

"확률적인 귀머거리로 살든가, 뒤지든가니까요. 별로 선택의 여지는 없죠? 이런 내과적인 상황은 에녹 교수님도 끼어들 수 없는 부분이고 말이죠."

샤의 입을 벌리더니 독주를 쏟아붓는다.

"그러니 많이많이 들고 죽지만 마세요, 샨 군. 일단 살아야 그 다음은 어떻게든 될 테니까요."

샤의 뺨 아래로 술 방울이 뚝뚝 흘러내린다. 라온은 그걸 손가락으로 쿡 찍더니 핥았다.

생각했던 것보다 약이 더 독하게 들어갔는지 혀끝이 저릿하다.

죽지는 않을 거다. 그러나 운이 나쁘다면 평생 듣지 못하는 몸으로 살아야 한다. 그렇게 된다면 이후로는 일생동안 검을 내려놓아야 한다. 적의 기척조차 감지하지 못하는 검객은 죽느니만 못하니까.

4.

샨은 이날 이후 몇날 며칠을 계속해서 고열에 시달려야 했다. 카이의 마력이 몸을 찢을 것처럼 밀려들어 온다. 마실 수 없는 물이다. 당장 목은 축일 수 있어도 결국 더 큰 갈증에 삼켜지고 만다.

'살아……야 해.'

누군가가 입 안에 약을 밀어 넣어 준다. 열은 가시지만 근본적인 문제는 사라지지 않는다. 샨 본인이 가지고 있는 마력도 적을뿐더러 카이의 마력이 예상 이상으로 강대하다.

'길을 만들어야 해.'

한 주먹 있는 마력을 끌어 모아 카이의 마력을 유도한

다. 들어왔다가 바로 나갈 수 있도록, 몸 안에 축척되는 일이 없도록.

홍수 직전 밭에 물고를 트는 것과 같았다.

그렇게 반복하고 또 반복한다.

시간이 얼마나 지났는지는 알 수 없다. 마치 지하에서 몇 년이고 몇십 년이고 잠드는 매미처럼 눈꺼풀 안쪽 어둠 속을 헤맨다. 맥동하는 마력의 길을 찾고 짐승처럼 상처를 핥는다.

번데기 같다는 생각이 들었다.

봄을 기다리며 그 안에서 잠자고 있는 번데기. 살이 트고 온몸이 녹아내리면서도 그저 인내하고 인고한다.

'괜찮아. 고통에는…… 익숙하니까.'

그것만이 유일한 축복이었다.

'참는 것만은…… 누구보다 잘하니까.'

일생을 그리 살아오지 않았던가.

티스보다 현명하지도, 율케스보다 강하지도 않은 자신이지만 그것만은 누구보다도 잘하리라.

고통은 나의 것이니까.

5.

눈을 뜨니 해가 망막 사이를 찔렀다. 샨은 창밖을 바라보았다. 라온 교수님은 없다. 환자를 두고 어딘가 가 버리다니 무책임하다고 해야 할지, 그 교수답다고 해야 할지. 샨은 어색하게 웃었다.

옷이 땀에 젖어 눅진하다. 그래도 잠옷으로 갈아입힌 걸 보니 최소한은 돌봐 준 모양이다.

'아니면 티스나 율케스가 도와줬든가?'

아니다. 아마 못 도와줬을 거다.

카이에 맞춰서 인체가 재조립되는 과정이었다. 만약 누군가가 잘못 건드린다면 크게 위험해졌을 거다. 아마 면회도 못 하게 했을 가능성이 크다.

뭐든 상관없다.

문득 보니 시야에 새하얀 청년이 누워 있었다.

골격은 크고 머리카락은 순백색이었다. 그럼에도 손톱과 발톱은 새카만 색이어서 꼭 고딕풍 코스튬을 입은 사람 같았다.

그가 숨을 들이쉴 때와 내쉴 때마다 목선이 들어갔다 나오길 반복한다. 대형 개과 짐승 같다.

이윽고 그는 천천히 눈을 떴다.

한쪽 눈은 금색, 다른 한쪽 눈동자는 붉은 빛이다. 오드아이는 드문 편인데도 바로 떠오르지 않아 샨은 이 사람이 누군지 한참 바라봐야 했다.

“안녕, 어머니.”

“아버지라고 불러. 이제 단어의 의미 정도는 파악할 수 있잖아.”

샨의 말에 남자, 아니 카이가 대답했다.

“어쩔 수 없어. 드래곤은 모계 사회니까. 아버지라는 단어 자체가 없다고.”

“그래도 사람의 말을 쓰고 있잖아.”

샨의 말에 카이가 웃었다.

“어머니라고 부를래.”

“차라리 마스터라고 불러 줘.”

“그러면 엄마라고 부를래.”

“…….”

아무리 성룡이 되었다고는 해도 그 성격이 어디 가는 게 아닌 모양이다.

“고집 부릴래?”

“엄마 닮아서 그런 거잖아.”

그 말에 샨의 뺨이 심술로 부풀어 오른다.

"하다못해 이름으로라도 불러 줘."

카이가 눈웃음을 쳤다.

"봐서."

이건 티스를 닮았다. 아니, 말이 짧은 부분이 율케스를 닮은 것 같기도 하다.

'아마 이제는 내가 완전히 다루는 건 무리겠지.'

부모와 자식 관계라는 게 그렇다. 어릴 때야 부모님이 부르면 재깍재깍 달려가지만 머리가 크고 나면 다르다. '왜?' 또는 '무슨 일인데?' 라는 말부터 나오지 않나. 거기서 좀 더 막 나가면 '나 바빠!' 아니면 '귀찮거든?' 이렇게 나올 거고.

다행히 아무리 반항적인 드래곤이라고 하더라도 드래곤 스톤을 차고 있는 이상 그 정도로 막 나가는 경우는 거의 없다.

"어머니는 기억나? 내가 뿔이 나고 성별이 결정되었을 때."

머릿속이 하얗게 번졌던 것만 기억난다. 마치 술이라도 먹은 것처럼 기억이 끊겨 있다.

"전혀 안 나."

"잘됐네."

"너 성격까지 변한 것 같다."

카이가 몸을 뒤척인다. 이불로 간신히 알몸만 가린 상태다. 성별이 결정되기 전의 카이에게는 갓 내린 설원 같은 아름다움이 있었다. 누구도 발자국을 찍지 않은 그런 순수함이 사람의 마음을 자극했다. 카이의 목덜미나 정수리에서 미묘하게 우유 냄새가 났기 때문인지도 모른다.

그때와는 다르지만 성인이 된 카이 역시 훌륭한 미남자다. 조각 같은 외모나 탄력 있게 잡힌 근육, 크고 호리호리한 몸 선이 대단히 매력적이다. 사람을 끌어들이는 힘이 있다. 그러나 본능이 말하고 있었다. 위험하다고.

웃으면서 사람의 목덜미를 물어뜯어 죽여도 이상하지 않을 것 같았다. 그런 대형 맹수류에게서 느껴질 법한 위압감이 있었다.

"나는 이제 카이(Cai)도 카이(Kai)도 아니니까. 아니, 둘 다라고 해야 하나."

"자아가 합쳐진 거야?"

"비슷해. 성룡이 되면서 여성 인격과 남성 인격이 혼합된 거니까. 아직 두 자아의 흔적이 남아는 있지만 이제는 그 경계가 모호해진 셈이지."

무슨 말인지 모르겠다. 샨은 필사적으로 머리를 굴려 카이의 말을 해석한 뒤 물었다.

"그러니까 네가 성별을 정하면서 자의식 역시 성숙해졌다고 이해하는 게 맞아?"

"응, 역시 어머니는 이해가 빠르네."

"샨이라고 불러."

샨의 말에 카이는 웃기만 한다. 이윽고 망설이다가 입술을 연다.

"그래, 샨……."

성년기를 맞이하기 전에도 몇 번 듣긴 했지만, 막상 성인의 울대로 발음된 자신의 이름을 들으니 굉장히 생소하다. 그 멋쩍음을 억누르며 샨은 시선을 피했다.

"언제 변신한 거야?"

"변신한 지는 좀 됐어. 허물 벗고 나서 너무 커지는 바람에 실험실이 터질 뻔했거든."

과장일 게 분명하다. 라온 교수님의 실험실이 얼마나 큰데. 물론 드래곤들이 허물 한 번씩 벗을 때마다 얼마나 커지는지는 알고 있지만, 여긴 어지간한 대형종 드래곤도 충분히 머물 수 있는 곳 아닌가. 그렇다고 지금 본체로 변신하라는 말이 나오지는 않는다.

"당장은 율케스 옷을 빌려 입히면 되나? 옷 사러 나가야겠어."

샨은 뺨을 긁적인다.

6.

샨은 율케스와 티스에게 사정 설명을 했다. 성년이 된 카이를 처음 보자마자 티스는 어이가 없어 입을 쩍 벌렸다.

"더 커졌어! 저거 나보다 더 크잖아!"

샨이 이마를 찌푸리며 티스의 가슴을 툭 때렸다.

"그게 중요해?"

"율케스, 너보다도 좀 더 큰 것 같다?"

율케스가 대답했다.

"그게 중요해?"

티스는 같은 대답을 하는 두 사람을 한 번 돌아보더니 카이를 바라보았다.

"마마 해 봐라. 마마."

카이가 혀를 찼다.

"애 엄마들은 자식 다 키워 놓고도 계속 어린애로 본다

더니, 쯧쯧…….”

“뭐, 임마? 너 이런 성격 아니었잖아!”

카이가 엄지를 입술에 가져다 대고는 어릴 때의 말투를 흉내 냈다.

“마마, 카이 커졌어. 카이는 커져도 귀여워~ 착한 카이는 몸도 티스보다 크고 거시기도 티스보다 크당~”

“와, 이 햄스터 거시기만 한 새끼가 죽고 싶냐? 니가 내 울트라 맘바 정글 코끼리를 못 봐서…….”

티스가 그 자리에서 바지춤을 내리려 하자 샨이 비명을 질렀다.

“와악! 둘 다 그만해—!”

겨우 둘을 떼어 놓고 나서야 샨은 안도의 한숨을 내쉬었다. 일단 이 변화를 모두에게 설명할 필요가 있다.

“검은 카이랑 흰 카이의 인격이 합쳐졌다고 보면 돼. 그동안 검은 카이가 가졌던 공격성도 카이 자신이었다는 거지.”

그 말에 카이는 샨의 어깨를 뒤에서 끌어안았다. 커다란 덩치가 샨을 안고 있으니 이건 무슨 곰한테 파묻힌 토끼 같다. 어릴 때 어깨에 달라붙던 습관이 아직 남아 있는 모양이다.

샨은 차마 무겁다는 소리도 못 하고 말을 이었다.

"그래도 카이는 카이야. 하얀 카이로서의 온건한 마음도 남아 있거든."

"너한테만 남아 있겠지."

티스가 입을 비쭉이더니 샨의 팔을 와락 잡아당겼다. 그러고는 율케스의 옷을 카이에게 던졌다.

"입어. 이제 와서 사람 옷 입는 법을 까먹었다고 하진 않겠지?"

7.

카이가 율케스의 셔츠와 바지를 적당히 꿰어 입자 셋은 에녹 교수를 찾으러 갔다. 에녹 교수님은 라온 교수님과 함께 계셨는데, 두 분은 뭔가 편지를 받아서 읽는 중이었다.

"기습인가?"

"이렇게 나오리라 예상은 한 일 아닙니까."

어색한 분위기에 티스가 헛기침을 뱉었다. 그제야 에녹 교수님이 이마를 찌푸렸다. 노크도 없이 들어왔냐고 말할 셈이었다. 티스는 그가 기분 나쁘지 않게 먼저 한마디를 덧붙였다.

"문이 열려 있어서요."

에녹 교수님은 라온 교수님을 노려보았다. 라온 교수님은 관자놀이를 긁으며 휘파람을 불었다. 에녹 교수님은 '보안 따위는 개나 줘지.' 라며 혀를 차더니 입을 열었다.

"카이가 무사히 성룡이 된 모양이군. 샨 알테리온."

"네, 그래서 옷을 사야 해서요."

"외출증은 필요 없다."

"그래도 보호막을 넘으려면 허가가 있어야 한다던데요."

샨의 말에 그가 고개를 저었다.

"그것도 필요 없을 거다. 도로 걷어야 할 터이니."

무슨 뜻일까. 샨은 말없이 그를 바라보았다. 그는 담배를 입에 물었다.

"설명을 요구하는 눈이군. 하지만 대답할 생각은 없다. 이러나저러나 너는 학생이고, 우리는 교직원으로서 학교 내부의 일을 일일이 말할 순 없으니까."

그가 눈을 감는다. 결계를 만드는 것과는 달리 해제하는 건 이 정도의 집중만으로도 충분한 모양이다.

에녹 교수님 주변으로 일순 바람이 불어왔다. 그의 긴 머리카락이 바람에 나부끼더니 한순간 흩어졌다.

"나가 봐라."

"……."

교수님은 끝까지 말을 해 주지 않을 모양이다. 샨은 알겠노라 인사만 하고 등을 돌렸다. 등 뒤에서 라온 교수님이 말했다.

"대로로 갈 거죠? 그러면 어차피 만나게 될 건데요, 뭐."

만난다니? 무엇을?

샨의 눈이 살짝 커진다.

밖으로 나오니 정말로 결계가 풀려 있었다. 보통은 결계를 해제할 때도 적법한 절차를 거쳐야 할 텐데 시동어도 없이 끝내 버리다니. 티스가 뒷머리를 긁적였다.

"이걸 보면 정말 전설의 인물이구나 싶네."

율케스가 대답했다.

"싸우는 모습을 본 건 손에 꼽을 정도지만 그 강한 아론 교수와 필적할 정도니까."

검술 교수인 아론 교수님은 황제의 제1검이라 불리는 인물이다. 검만으로 치면 샨의 아버지보다는 못하겠지만 함께하는 드래곤 티티와 움직인다면 어떻게 될까?

샨이 어색하게 웃었다.

"그 아론 교수님이야말로 평상시에는 꼬맹이처럼 하고

다니니까 겉으로 봐서는 강하다고 보기 어렵지."

스스로의 몸에 제약을 줘서 어릴 때로 돌아간다. 겉으로 봐서는 소년이지만 속은 근육질 중늙은이. 취미는 자수와 뜨개질, 최근에는 퀼트에도 관심이 있다고 한다.

카이가 기지개를 켰다.

"이 학교에는 제대로 된 사람이 없으니까 말이지."

티스가 맞받아쳤다.

"제대로 된 용도 없고."

아아, 둘은 정말 사이가 나쁘다. 샨은 카이와 티스 사이에 껴서 어떻게든 분위기를 온화하게 만들려고 애써 본다.

"그, 그러고 보니 우리가 살 물건이 뭐였지? 카이 옷이랑, 내 신발 정돈가? 기왕 나가는 김에 단 군것질이라도 하고 올까? 어때, 카이? 사람이 먹는 거 먹을 수 있겠어? 그동안은 입맛이 많이 달랐잖아?"

카이가 고개를 까딱였다.

"나도 모르겠어. 어머니가 먹는 걸 같이 먹어 봐야 알겠는데."

티스가 그런 카이를 보고 빈정거린다.

"성룡이 돼서도 엄마 찾냐? 어디 사는 마마보이인지 모르겠네."

그 말에 카이가 함께 빈정거린다.

"어머니, 혹시 무슨 소리 들려? 방금 어디 햄스터 거시기만 한 놈이 짖었던 것 같은데."

"아, 그래? 나는 방금 몸은 코끼린데 거시기만 햄스터만 한 놈 말하는 줄 알았지. 너잖아, 그거."

샤이 얼굴이 시뻘게져서 소리 질렀다.

"둘 다 그 이야기는 그만해! 거기다가 왜 자꾸 싸우는 거야!"

안 맞는다. 해도 해도 너무하다 싶을 정도로 성격이 너무 안 맞는다.

새끼 용이 청소년기를 겪고, 청소년기를 지나 다시 성룡이 될 때마다 성격이 변한다는 건 책을 봐서 이미 알고는 있다. 그런데 설마하니 그 변한 성격 때문에 이렇게까지 안 맞을 줄은 상상도 못 했다. 티스가 말했다.

"하하하, 샤 예민하네. 별거 아니야. 우리 사이좋다니까?"

카이가 대답했다.

"맞아. 어머니가 과민 반응 하는 거야. 설마하니 내가 어머니의 방탕한 친구 따위에게 신경 쓰고 있을 거 같아?"

"그래. 우리는 사이 안 나빠. 그치, 카이?"

"응응, 애초에 나쁠 만한 사이도 없어."

"……."

……돌아 버리겠다. 율케스만이 묵묵히 레버를 돌려서 도개교를 내린다. 보통은 장정 네댓이 함께 돌려야 움직이는 레버다. 그러나 율케스는 한 팔로 쉽게 돌린다.

도개교가 완전히 내려간 걸 확인하고 샨은 첫발을 내디뎠다.

"아무리 그래도 그렇지, 좀 대화의 수위라도 지키고 말이야……."

그때 샨이 말을 멈춘다. 건너편에서 누군가가 걸어왔다. 그는 이쪽을 보더니 고개만 까딱였다. 긴 흑색의 머리카락이 잘 어울리는 남성이었다. 흰 장갑을 끼고 있었기에 새끼손가락이 제대로 붙어 있는지는 가늠하기 어려웠다.

그의 뒤로는 수행원으로 보이는 자들이 함께 걷고 있었다.

"형. 여긴 무슨 일로……?"

"제국에서 수색 영장이 내려왔다."

그렇게 짧게 말하고는 샨을 스쳐 지나간다. 샨이 몸을 돌린다. 에론 형을 붙잡으려는 샨을 티스가 막는다.

"그만해. 교수님들은 그걸 알고서 결계를 푼 거야."

"난……!"

"걱정하지 마. 잘될 거야."

샨이 입술을 깨물었다. 카이가 그런 샨의 어깨를 잡아당겨 티스를 뿌리친다.

"본체로 변할까? 어머니가 원한다면 언제든지 싸울 수 있어."

말리는 티스의 눈과 부추기는 카이의 팔이 단단하게 샨을 얽는다. 망설이는 시간이 길어질수록 점점 에론 형은 학교로 들어간다. 하지만……!

샨이 주먹을 움켜쥐었다.

"말리면 안 돼. 정당한 수색 영장이야. 여기서 싸움을 일으켰다가는 일이 더 커질 거야."

티스가 말했다.

"내가 말하려는 게 그거다. 애기야, 우리 교수님들이 설마 이 정도도 예상을 하지 못했으리라고는 생각하지 않아."

샨이 고개를 끄덕였다. 카이가 샨의 귓가에 속삭였다.

"하지만 샨은 싸우고 싶잖아? 이 상황이 걱정돼서 견딜 수가 없잖아."

무의식을 공유했던 사이다. 카이의 말이 귀를 타고 심장을 찌른다. 샨이 고개를 저었다.

"아니야. 내버려 둘게."

율케스가 답했다.

"그러면 결정됐군. 가자. 나는 딸기 파르페를 먹어야겠다."

"어, 그러면 나는 크림소다. 샨은 뭐로 할래?"

그 말에 샨은 어색하게 웃었다. 미리부터 걱정해 봐야 소용없는 일이다.

수색 영장을 거부한다면 그거야말로 제국에 빌미를 가져다주는 꼴. 지금은 교수님들에게 맡기는 게 옳았다.

샨은 앞으로 나아갔다.

8.

의상실에 들를 때까지 카이와 티스는 싸움박질을 했다.

"마마 해 봐라, 마마."

"와, 이 인간이 누굴 아직도 해츨링으로 알고 있나."

샨은 둘을 아예 내버려 두고 율케스와 함께 성큼성큼 앞으로 걸어갔다. 무시다. 무시하는 거다. 샨이 말했다.

"이제는 누가 먼저 시비를 거는지도 모르겠어."

율케스가 대답했다.

"티스야. 저래 보여도 세심한 녀석이라 지금의 카이를 바로 받아들이기 힘든 거겠지. 원래의 카이라면 본인 울타리 안에 있던 녀석이었는데 이젠 완전히 다른 용이 되어서 왔잖아."

"하지만……."

"샨, 너와 우리는 달라. 우리는 너처럼 카이와 깊은 부분을 공유할 수도 없어. 내가 알던 카이는 어제 죽고, 같은 이름의 다른 놈이 와서 카이라고 주장하는 걸로밖에 안 보여."

"그만큼……."

"그래, 그만큼 괴리감이 커. 티스는 그걸 어떻게든 메우고 싶은 거고."

샨이 물었다.

"그러면 율케스는?"

"……."

율케스는 대답하지 않았다. 이윽고 카이가 종종걸음으로 달려왔다. 그러고는 시뻘게진 얼굴로 말을 더듬었다.

"젠장…… 마, 마마!"

티스가 배를 붙잡고 웃음을 터뜨렸다. 동시에 샨까지 얼굴이 붉어졌다.

"마마라니!"

뒤쪽에서 티스가 소리 질렀다.

"앞으로는 마마라고 부르기로 했다!"

그 정도는 되어야 티스가 말하는 '간극'을 메울 수 있다는 건가. 아니, 그건 그렇다 치고 대체 무슨 말발로 카이를 구슬린 거야? 둘이 싸우는 걸로밖에 안 보였는데.

샨이 소리를 버럭 질렀다.

"샨이라고 부르라고!"

카이는 벌게진 얼굴로 티스에게 소리 질렀다.

"만족했냐! 만족했어?"

티스가 엄지를 치켜들었다.

"그래, 이제 널 존만이라고 부르지 않을게."

카이가 샨을 끌어안는다. 새끼 용일 때의 그 포즈 그대로다. 샨은 안아 준다고 안아 주는데, 덩치가 덩치인지라 몸이 뒤로 넘어간다. 대형견 몸통 박치기도 이보다는 스펙터클하지 않으리라. 율케스는 그런 샨의 어깨를 붙잡아 뒤로 쓰러지는 걸 막는다.

"마마, 저 새끼 짜증 나."

몸이 커져도, 머리가 커져도 역시 카이는 카이구나. 샨은 생각한다. 율케스의 눈매가 조금 부드러워지는 게 보였다. 역시 내심 불안했던 모양이다. 드래곤 마스터와 주변 사람들의 입장은 다르니까.

샨은 모두에게 카이를 소개할 때 좀 더 세심해야 할 필요가 있었나 고민한다.

'하긴, 나도 처음 봤을 때는 완전히 다른 사람인 줄 알았으니까.'

샨은 거기까지 생각하고는 작게 숨을 내쉰다. 의상실 여직원이 티스를 알아보고 인사한다. 얼굴에 붉게 물든 홍조를 보니 작업 중이거나 작업이 끝났거나 둘 중의 하나였다.

'무시하자. 무시.'

샨은 그렇게 세 사람, 아니 두 사람과 한 마리의 용을 가게 안에 밀어 넣었다.

카이의 몸이 커서 맞는 옷이 없었다. 보통 귀족들이 옷을 살 때는 이미 만들어진 공산품을 사는 게 아니라 몸의 치수를 잰 후 그에 맞게 옷을 제작하기 시작한다. 이렇게 미리미리 치수별로 만들어진 기성품을 진열해 놓고 파는 건 중산층 대상으로 하는 상업 지구, 혹은 드래곤 스콜라 근처 양장점에서나 볼 수 있는 진풍경이다.

티스가 말했다.

"그래도 당장 입을 옷 두 벌 정도는 구할 수 있겠네."

카이가 물었다.

"뭐? 마마는 계절마다 한 벌만 입고 다니는데?"

"그건 니 마마가 짠돌이인 거고."

샨이 입술을 뾰족하게 세웠다.

"어차피 대부분은 교복 입고 지내잖아. 사복 많이 들고 다녀서 뭐하게."

"그래서 여자애들은 옷장 두 개씩 채우고 다니냐? 봄, 여름, 가을, 겨울 매 계절마다 옷장 하나어치는 사들이고, 있던 옷은 버리느라 바쁘더만."

"사치야."

"즐거우라고 하는 사치지. 애초부터 귀족은 사치하는 자야. 위에서 돈을 풀지 않으면 단추 만드는 사람도, 옷을 디자인하는 직공도, 옷에 쓸 양털을 키우는 목동들도 다 굶어 죽는 거라고. 자원이라고는 몬스터밖에 없는 너희 영지가 이상한 거야."

그렇기에 넬은 그런 귀족들을 증오한다. 증오하면서도 이 상황을 타개할 힘이 없다는 사실도 인정한다. 제국이 굳건하고 황제 폐하께서, 아니 황제 폐하에 새 황제 폐하가 계속 나오는 한은 이 체제가 변화하지 않으리라는 점도 알고 있다.

황권은 강력하고 계급은 무정하다.

귀족도 힘이 없으면 사라진다. 그리고 그 자리를 알파도 같은 가문이 새로 차지한다. 제국에서 이미 그걸 용인하고 있다.

만약 황가의 혈족이나 초대 제국을 뒷받침했던 가문들만이 귀족이 된다고 법에 명시되었다면 상황은 많이 달랐으리라. 상인들은 팽창하고 싶어 하고 귀족들은 그걸 막아서는 형태가 되었을 테니까. 그러나 실상은 다르다.

황가의 피를 이은 패스파인더들은 룰을 부수기를 좋아했다.

원한다면 얼마든지 찍어 누를 수 있도록 허용했다. 양녀, 양자라는 이름으로 성을 바꾸는 것도 허락한다.

영지를 점령한 후, 족보를 조작해서 어느 가문의 숨은 사생아라고 황실에 서신을 보내면 무리 없이 후계자증을 보내준다.

진실이야 모두 알고 있다. 때로는 공공연하게 말하기도 한다. 천출 출신이 영지를 점령했다고, 이번 후작의 자리를 이었다고.

물론 황가는 영지와 영지의 전쟁 역시 허용하기 때문에 그 발언을 한 가문은 그 말에 책임을 져야 한다. 힘이 있다면 상관없다. 그러나 힘이 없다면 대가를 요구할 거다. 피로서든 황금으로서든.

가문의 일원 하나하나가 일인 군단이면서도 척박한 영지에 남겨져 있는 알테리온만이 이 싸움 속에서도 고요하다.

"내 용돈으로는 이거 다 못 살 거 같아."

"아르고 형이 너 쓰라고 상단 패도 줬다며?"

"있긴 하지만 그건 안 쓰려고."

귀족층은커녕 중산층보다도 가난에 허덕이는 샨이 있다. 티스가 말했다.

"그래? 그러면 내가 지불하지 뭐."

티스는 너무나도 쉽게 돈을 계산한다.

"겸사겸사 니 옷 골라 둔 거 있으니까 그것도 산다. 그건 전부 사이즈 있더라."

"언제 골랐는데? 그럴 틈 없었잖아."

"잘. 일단 신발 신어라."

티스가 샨에게 신발을 던졌다. 티스에게 신발 치수를 말한 적도 없었는데 눈대중으로 잘도 맞춘다.

"일단 이걸로 참고, 겸사겸사 몇 켤레 주문 제작 보냈으니까 나중에 다시 받으러 와. 오래는 안 걸릴 거야."

옛날이라면 빚은 지기 싫다고 박박 우겼을 샨이었다.

‘아, 모르겠다.’

셋이 서로 밀린 채무를 계산하기에는 이미 너무 먼 길을 와 버렸다. 티스는 벌써 계산하고 나왔다. 샨은 고맙다는 말로 대신했다.

“간식은 내가 살게.”

“오냐.”

티스가 샨의 어깨를 툭 치고 걸어갔다. 카이는 탈의실에서 점원의 시중을 받아 옷을 입었다. 흰 블라우스에 푸른 리본이 잘 어울린다. 긴 머리카락도 같은 색의 리본으로 묶었다.

점원이 머리까지 빗겨 줬는지 뻗쳤던 머리가 단정하게 내려갔다.

티스가 팔짱을 끼며 삐딱하게 말했다.

“어째 단정한 무투가 스타일인데?”

“겉으로 봐서는 용이 아니라 인간으로밖에 보이지 않으니까. 거기다가 키도 크고 몸에 잔근육도 단단하고.”

그때 카이가 웃으면서 티스에게 장타를 날린다. 과거 샨이 몇 번이나 사용했던 그 기술이 손끝에서 발현되었다.

샨 알테리온식, 붕권!

웃으면서 후려치는 것치고는 기세가 무섭다. 티스는 받아치는 대신 소매를 날려 공격을 흘려보낸다. 벽에 주먹이 닿진 않았다. 다만 카이가 만들어 낸 파공음이 박혔을 뿐이다.

콰앙!

대리석이 사기그릇처럼 부서진다. 제대로 마력을 담은 것도 아니었다. 어디까지나 제 주인이 매일 아침마다 하던 것을 장난으로 따라 한 것뿐이었다.

고작 가벼운 장타 한 번이지만, 보통 사람이라면 두개골이 부서졌으리라.

"워어, 미친 용 새끼."

카이도 본인 힘이 이렇게 강할 줄은 예상 못 했는지 놀란 눈치다.

"마마, 미안해. 어쩌지? 이거 물어내야 하나."

한번 마마로 하기로 결정하고 나니 입에 착 달라붙는 느낌이다. 샨이 울상을 지으며 지갑을 열었다.

"이거 수리비 얼마나 들죠?"

통짜 대리석이다. 딱 봐도 멀리서 공수해 온 게 틀림없었다. 지금 용돈으로는 턱도 없으리라. 집에 연락해야 하나? 아무리 그래도 학교 조사하자고 온 에론 형보고 돈 물어 달라고는 할 수 없지 않나.

'역시 아르고 형의 상단 패를…….'

그때 율케스가 샨의 어깨를 붙잡았다. 그러고는 조용히 수중에서 금화를 꺼냈다.

9.

그렇게 쇼핑을 끝내고 넷은 근처 적당한 카페에 들어갔다. 방학 중에는 문을 연 가게가 별로 없다. 골목을 돌고 돌아서 그나마 하나를 찾을 수 있었다.

겉으로 보기엔 작았는데 의외로 냉각 마법 시설을 갖추었는지 아이스크림을 팔고 있었다.

티스는 아이스크림을 띄운 크림소다를 먹을 것을 선포하고는 카이에게 신경을 돌렸다.

"그러니까 샨이 썼던 모든 기술을, 한 번이라도 본 거면 너도 쓸 수 있다고?"

티스의 말에 카이가 고개를 끄덕였다.

"응, 전부 쓸 수 있어."

"다른 사람 것도 따라 할 수 있어?"

카이가 고개를 저었다.

"다른 사람 건 불가능해. 가능한 건 마마의 것뿐……

아, 마마라는 말만 들어가면 자꾸 옛날 말투가 나오네."

카이는 머리를 긁적였다. 그 모습이 어째 조금이라도 더 어른스러워 보이고 싶어 하는 청소년 같아 보였다. 카이는 신경 쓰이는지 억지로 목소리를 낮춰서 말했다.

"샨이 사용하는 기술, 마법 모두 가능해. 왜 그게 가능한지는…… 글쎄, 드래곤과 마스터의 사이라서 그런 걸까?"

"그래? 그렇구나. 존만아."

티스의 말에 카이의 이마에 힘줄이 돋아난다. 둘 사이에서 뭔가 약속이 있었던 모양이다.

"마마."

"그래, 존만이란 말 취소."

티스의 애정은 삐뚤어졌다. 매우 삐뚤어졌다. 조카와 놀아 주는 외삼촌도 이보다는 정상적이리라. 티스가 말했다.

"근데 어째 샨이 썼던 것보다 더 위력적이다? 보통은 카피가 진품을 못 쫓아가는 법이잖아."

율케스가 끼어들었다.

"인체 구조가 다르니까. 모든 무예는 기본적으로 성인 남성, 그것도 체격이 어느 정도 있는 성인 남성을 기준으로 만들어. 샨의 경우에는 키도 작고 근육량도 적다. 마력 역시 지금 조금 사용할 수 있을 뿐이지 무예에 적합한 몸은 아니지. 그에 비해 카이의 몸은 말 그대로 전투를 위해 만들어졌다 해도 과언이 아닌 육체다. 아, 나는 딸기 파르페. 푸딩 얹어서."

샨이 손을 들었다.

"아이스크림 띄운 크림소다에 푸딩 얹은 딸기 파르페, 그리고 크래커 토핑한 치즈 초코 아이스크림 주세요. 그리고 남은 하나는…… 용 입맛일지는 모르겠지만 이 가게에서 가장 단 걸로 해 주세요."

그러고는 시선을 돌려 다시 카이를 바라보았다.

"라온 교수님 말로는 암컷 용보다는 수컷 용이 더 전투에 적합하다고 했으니까 그 말 그대로인 것 같아."

"확실히 장난으로 날린 펀치에 그 정도 파괴력이면 미쳤긴 하더라."

율케스가 카이의 몸을 뜯어보더니 결론을 냈다.

"인간의 모습 역시 전투에 최적화되어 있다."

카이는 세 사람의 이야기를 곰곰이 듣다가 입을 열었다.

"그런데 왜 다들 내가 성별을 남성으로 고정시켰다고 생각해?"

"뭐?"

"나는 그렇게 말한 적 없는데."

카이는 테이블을 붙잡더니 가볍게 마력을 운용한다. 카이의 머리끈이 풀어지더니 긴 머리카락이 부풀어올라 몸을 감싼다. 마력이 뭉치는 것과 동시에 뼈가 뒤틀리는 소리가 울린다. 이윽고 카이의 머리카락들이 몸에서 사라진다. 그 자리에는 아담한 체형의 여성이 앉아 있었다.

방금 전까지 있던 남성과는 놀랍도록 닮은 얼굴이었지만, 그럼에도 미녀였다.

샤의 눈이 커진다.

"교수님 말로는 성룡이 되려면 성별을 선택해야 한다고 했어. 그리고 너는 뿔이 돋아났고……."

카이가 말을 끊었다.

"성별이 수컷에 가까운 건 맞아. 하지만 그렇다고 변신을 못 하는 건 아니지."

카이는 자신의 불룩 튀어나온 가슴을 틀어쥐었다. 그러고는 씁쓸하게 웃었다. "물론 그렇다고 아이를 낳을 수 있는 것도 아니지만. 전투를 위해서는 암컷적인 부분은 포기해야 하거든."

샤이 혼란스러운 얼굴로 말했다.

"그야 물론 드래곤이 변신을 할 수는 있다는 건 알지만 그건 어디까지나 원래의 성별에 한해서야. 그것도 정해진 얼굴과 체형이 있고. 아예 성별을 넘나들 정도로 변할 수 있다는 이야기는 들은 적이 없어."

"이 정도면 이서릴보다 내가 좀 더 예쁘지. 어때? 마마."

옆을 돌아보니 티스가 굉장히 고민하는 눈치다. 그러고 보니 티스의 이상형이 얼굴은 동안, 몸은 글래머라던가. 티스가 여성의 모습인 카이에게 손을 뻗었다.

"너…… 잘 보니까……."

찰싹, 샨이 티스의 손등을 후려쳤다.

"꼬시지 마. 족보 꼬여."

"안 꼬셔. 내가 무슨 종족을 뛰어넘어 여자면 다 후릴 것 같아 보이냐?"

"응."

율케스가 대답했다.

"제대로 보고 있군."

카이는 다시 자신의 몸을 남성의 몸으로 바꿨다.

이걸 라온 교수님께 어떻게 물어봐야 하나. 아니, 물어본들 뾰족한 답을 줄 수 있을까?

그때 샨 앞에 크래커를 토핑한 치즈 초코 아이스크림이 내려왔다. 샨은 무심결에 인사했다.

"고맙습니다."

"뭘, 우리 사이에."

어쩐지 익숙한 목소리에 올려다보니 그곳에는 류인 황자가 있었다. 그것도 가게 점원처럼 제대로 된 하트 에이프런까지 걸치고 있다.

티스가 혀를 찼다.

"방학 중에 이런 구멍만 한 카페가 열고 있을 때부터 알아봤어야 했는데."

윤케스는 스르릉, 검을 반쯤 뽑아 들었다. 샨이 손을 뻗어 그런 윤케스를 막았다.

"내버려 둬. 처음부터 우릴 공격할 생각이었으면 이렇게 귀찮은 방식을 쓰진 않았을 거야."

류인 황자는 재미있다는 듯 웃음을 터뜨렸다.

"제법인데, 샨 알테리온. 그 사이에 날 파악한 거야?"

"이 중에서 가장 당신을 많이 접한 건 저니까요. 에론 형 일 때문에 온 거죠? 아니면 수색 영장 받은 김에 같이 오신 건가요?"

류인은 오만하게 고개를 몇 번 까딱이더니 그런 샨을 내려다보았다.

"수색 영장을 들고 온들 결국 찾을 수 없을 거라고 말했지만 네 형은 끝까지 밀고 나가더군. 조급해질 만도 해. 곧

폐하께서 붕어(崩御)하실 테니까."

그는 손을 뻗어 손가락으로 샨의 뺨을 쓸었다. 그 순간, 율케스가 그의 손을 쳐 냈다.

탁!

'반역이다. 역적이다.'라고 할 수 있을 만큼 무례한 행동임에도 류인 황자는 별말 없이 손만 털고 만다.

"충견을 잘 키워 놨어. 우리 샨 군은."

샨은 손을 뻗어 율케스를 저지한다.

"제 친구는 건드리지 마십시오."

"내가 그럴 배짱이나 되나? 나는 검의 고수가 아니야. 네 친구가 원한다면 이 거리에 내 목을 날리는 것 정도는 간단할걸."

"호위도 있고, 설사 가능하다 하더라도 그 후가 문제잖습니까."

티스같이 계승 서열 최하위권의 약소 황자면 모를까, 율케스가 류인 황자에게 그런 짓을 했다가는 지도에서 란츠크네 가문 자체가 지워진다. 영지는 불바다가 될 거고, 율케스와 얽힌 모든 것이 사라진다.

류인 황자가 웃음을 터뜨렸다.

"개가 왜 개인 줄 아나? 그런 건 생각하지 않아서 개지.

봐 봐, 이건 이미 살인자의 눈이야."

샨은 율케스를 돌아보지 않았다. 서늘한 심장이 고개를 붙잡는다. 이 뒤에는 샨이 알고 있는 율케스가 아닌 다른 누군가가 서 있을지도 모른다는 생각이 들었다. 그렇기에 샨은 류인 황자의 행동 하나 놓치지 않고 바라보았다.

"무슨 일로 오신 겁니까?"

"온 김에 얼굴이나 볼까 해서."

이 카페 안에는 분명 류인 황자만이 보인다. 그러나 그가 움직일 때마다 미세한 기척들이 느껴진다. 곳곳에 그를 지키는 호위병들이 숨어 있다. 율케스가 손을 후려칠 때 칼 하나 내뻗지 않을 만큼 담대하면서도 류인 황자의 지시만 있으면 언제든지 튀어 나갈 준비를 하고 있다.

살기 때문인지 뺨이 따끔거렸다. 그런데도 류인 황자는 태연하게 의자를 끌어서 앉는다.

"네가 쳐서 기분 나쁜가 봐."

"……."

율케스는 그를 노려만 본다. 류인 황자는 노골적인 경계에도 모르는 척 다리를 꼰다.

"그러고 보니 역시 신룡이라 그런지 잠재 능력이 엄청난데? 여성이든 남성이든 자유롭게 변할 수 있는 드래곤이라니. 내가 얼마나 갖고 싶어 했는지 모를 거야."

카이는 아랑곳하지 않고 벌꿀 아이스크림을 먹어 치웠다. 샨이 눈을 가늘게 떴다.

"신룡이요? 다른 말로 용신이라고 부르는 고대의 아크드래곤들을 말씀하시는 겁니까?"

"응, 이 아이의 가치에 대해 전혀 모르고 있구나. 샨 알테리온."

"어렴풋이 추측은 하고 있었지만 함부로 말할 단계는 아니라고 생각했습니다."

티스는 그런 샨을 보고 내심 감탄했다. 자신이나 율케스, 그리고 샨은 서로 입장이 달랐다. 애초부터 자신과 율케스는 이런 상황에서도 제 몸 하나쯤은 지킬 수 있었다. 그러나 샨은 그렇지 못하다. 그럼에도 몇 명인지 모를 암살자들의 살기 속에서 샨은 주눅 든 기색 없이 그를 맞이한다.

그를 경계하고 있지만 검을 뽑아 드는 율케스를 막는다. 그 상황에서도 냉정하게 다음 일을 계산한 것이리라.

'그래서 칼 하나 쥐지 못하는 몸으로 우리 곁에서 오래 살아남은 거겠지.'

아무리 이제 체질을 개선하고 검을 배웠다고 해도 꽃 쓰레기는 꽃 쓰레기.

카이의 도움 없이는 암살자 하나 처리할 능력도 없다. 그럼에도 류인 황자를 일대일로 상대하고 있다.

"기쁘지 않아? 네 드래곤이 그렇게 강하다니! 우와, 전지전능한 신룡 중의 하나라니! 원한다면 신의 자리까지 넘볼 수 있다고?"

"그러기 위해서는 삼천 년은 살아야 한다고 알고 있습니다. 신룡은 만 년을 사니까요. 거기다가 당신의 말이 사실이라는 확증도 없으니까요."

놀라는 기색 없이 류인 황자를 받아친다.

"믿든 안 믿든 자유야. 거기다가 이론적으로는 네 말이 옳아. 하지만 원래라면 이렇게 빨리 성룡이 되진 못해. 카이에게 잠재된 힘을 너는 반의반도 깨우지 못했어. 궁금하지 않아? 진짜 카이의 힘이 어떨지."

"……."

정작 이야기의 주인공인 카이는 아무 말도 없이 스푼만 놀린다. 이 상황이 어떻게 돌아갈지 지켜보는 걸까, 아니면 샨의 기분을 읽은 걸까. 어느 쪽이든 알 수 없었다.

샨이 말했다.

"궁금하지 않습니다. 오히려 평생 알고 싶지 않군요."

"어째서?"

샨은 담담하게 말을 이어갔다.

"카이가 능력을 발휘한다는 건 저를 위해 싸운다는 거고, 그렇다는 건 누군가는 크게 다치거나 죽는다는 소리죠. 그런 건 싫습니다. 전 살인광이 아니니까요."

그 말에 류인 황자가 배를 잡고 웃었다.

"와하하하! 하여간 재미있는 녀석이라니까!"

빈 홀에 류인 황자의 광기 어린 웃음소리만 울려 퍼진다. 웃음이 잦아들 때까지 아무도 소리를 내지 않는다. 바늘 떨어지는 소리마저 들릴 것 같은 카페 안. 카이의 스푼이 유리컵을 긁었다.

황자는 웃음을 멈추고는 말을 이었다.

"내 것이 돼라. 샨 알테리온."

"거절합니다."

"난 곧 황제의 위에 오를 사람이야. 무소불위의 권력을 얻는다고. 그게 알테리온 가문에 어떤 이득이 될지 모르지 않을 텐데?"

"신이 된다 하지 않으셨습니까."

긴 앞머리 사이로 그의 눈빛이 불길하게 빛났다.

"그래, 신의 자리도 노리고 있지."

"몇 번을 물으셔도 제 대답은 같습니다."

티스가 스푼을 까딱이며 말했다.

"좋은 군주 곁에는 좋은 사람이 모인다던데 몇 번이나 차이는 걸 보니 넌 영 그른 모양이군."

"그래? 그럼 티스 너는 좋은 사람이라 말하고 싶나? 내가 황위에 오르고 나면 너는 평생 도망자 신세일 텐데도?"

"상관없어. 어차피 황제의 자리는 단 하나뿐. 형제를 역모로 몰아서 목을 날리는 건 제국의 유서 깊은 전통 아니겠나."

샨의 눈이 흔들린다. 모두가 티스에게 황제의 자리를 권했다. 너라면 할 수 있다고, 야망을 이루라고 말해 왔다. 그러나 티스는 거부했고 시간은 이제 에론 형이 초조해할 정도로 지나가 버렸다. 티스가 죽는다? 역모로 몰려 평생 도망자로 산다?

티스의 성격상 샨에게 도움을 요청하지는 않으리라. 역도를 돕게 되면 그 화는 샨에게만 미치는 게 아니라 알테리온 가문과 영지 모두에 미칠 테니까.

류인 황자가 다리를 까딱였다.

"그래? 그러면 샨도 함께 도망자로 살아도 상관없겠군."

티스가 벌떡 일어났다.

"샨은 건드리지 마!"

"역도와 함께하는 자들은 모두 엄벌에 처한다. 그걸 모르는 네가 아닐 텐데?"

"여긴 아카데미잖아. 같은 기숙사 방이라고 죄라도 물을 셈인가?"

류인 황자가 웃었다.

"가장 큰 죄는 날 거부한 죄지. 하지만 괜찮아. 나는 관대하니까. 그 정도로 나갈 생각은 없어. 너도 샨도 좋아하는 편이고 말이야."

협박이다. 이건 누가 봐도 훌륭한 협박이다. 칼날 하나 들어갈 틈 없는 긴장감 사이로 카이가 느릿느릿 자리에서 일어난다. 그러고는 샨의 무릎 위에 앉았다.

배부르면 나오는 버릇이다. 문제는 이제는 키 190cm가 넘는 거구의 남성이 올라탄다는 거다. 무릎에서 잘 요량인지 몸을 옆으로 누인다. 샨은 그런 카이보고 저리 가라고도 못 하고 그렇다고 받아주지도 못하는 어정쩡한 자세가 된다.

우지끈.

의자가 부러진다. 샨이 그대로 엎어졌다.

"카, 카이!"

"어? 아…… 아아! 미안, 마마."

습관이라는 게 참 무섭다. 카이는 몸을 일으켜 제 주인을 들어 올린다.

"마마가 병신 앞에서 멍하니 있기에 한가한 줄 알았어. 무릎에 올라와서 방해 됐지?"

그런 문제가 아닌 것 같다. 카이는 자기 덩치를 자각하질 못하고 있다. 류인 황자가 진한 미소를 지으며 물었다.

"누가 병신이라고?"

카이가 대답했다.

"너."

"풉, 푸하하하! 이 몸이?"

"손가락 딱밤에 뒤질 것처럼 허약하게 생겨서는 존나 밥맛없어."

'존나' 라니! '존나' 라니!

샨은 이 말을 가르친 범인을 노려보았다. 티스는 모르는 척 시선을 돌렸다. 이런 건 어릴 때 교정했어야 하는 거다. 이제 와서 수정하기에는 너무 먼 길을 와 버렸다.

류인 황자가 말했다.

"내가 허약해?"

"응, 니 친구들도 다 허약해."

명백한 도발에 류인이 물었다.

"그래, 너는 그 말을 책임질 수 있나?"

카이의 입가에 비릿한 미소가 머무른다. 샨은 빠르게 머리를 회전시킨다. 이 상황에서 카이가 그를 도발하는 게 과연 옳은 일일까. 친우들에게 괜한 해가 가는 일이 아닐까. 카이가 그런 샨의 이마에 손을 댄다.

"괜찮아, 마마. 더는 생각하지 마."

카이는 샨의 마음을 읽고 있다. 그러나 샨은 지금 카이의 의도를 알 수 없었다. 카이가 입술을 열었다.

"책임질 테니, 어쩔래?"

황자가 손가락 세 개를 편다. 그러자 천장, 대들보 위에서 소녀 셋이 내려온다.

과거 샨은 그녀들 중 단 한 명도 이기지 못하고 팔이 날아갔다. 게다가 힘껏 공격한 것도 아니고 고양이가 쥐를 가지고 놀듯이 한 결과가 그랬다.

팔 하나 정도는 가져가 줘야 하지 않겠냐고 담담히 말하더니 단테스 앞에서 팔을 날렸다.

그런 존재가 셋이다. 세 소녀가 조용히 카이를 포위한다. 류인 황자가 말했다.

"드래곤은 뿔이 돋아나기 전후가 차이가 크다더군. 그

차이가 얼마나 대단한지 이제야 구경 좀 할 수 있겠는걸."

카이가 말했다.

"본체로 돌아갈 것도 없어."

류인 황자는 고개를 까딱이다가 말했다.

"그런데 어쩌지? 나는 널 죽일 생각은 없는데. 그랬다가는 샨이 정말로 날 증오하게 되잖아?"

샨이 말했다.

"이미 충분히 증오하고 있습니다만."

"그래서 지금 내 눈을 도려내고 싶나? 나랑 함께 숨 쉬는 공기조차도 혐오스러운가? 나는 네 형을 진짜로 죽인 것도 아니고, 아직 네 드래곤을 죽인 것도 아니잖아. 그건 증오가 아니야. '싫어' 하는 거지."

티스가 덧붙여 말했다.

"바퀴벌레를 꼭 증오할 필요가 있나? 혐오하면 그만이지."

"티스, 너는 말 한 마디를 지지 않는군."

"너한테 잘 보여서 뭐하게. 왜? 잘 보이면 살려 주려고?"

티스의 말에 류인 황자가 턱을 괴고 생각에 잠긴다.

"그것도 고민하고 있다면?"

티스는 인자한 미소를 띤 채 가운데 손가락을 폈다.

"하하, 마음에도 없는 소리 닥치시지."

"내 마음을 몰라주는군. 나는 악당이 아니야. 오히려 이 세계를 위해 지금 이 순간에도 불철주야 노력하고 있어. 물론 이 세상에는 악당들이 많고, 그놈들을 상대하기 위해서는 좋은 방법만 쓸 수 없지."

평행선이다. 설득이 되지 않을 거라는 건 알고 있었다. 그러나 이다지도 입장이 차이 날 줄은 몰랐다. 그는 말을 이어 나갔다.

"나는 에론 알테리온처럼 강제로 신을 반신불수로 만들지도 않을 거고, 그렇다고 이 세계가 멸망하길 기다리지도 않아. 내가 그 짐을 지겠다고 했어. 거기다가 나는 기본적으로 평화주의자야. 내가 황제의 자리에 오른다면 전쟁을 멈추도록 하겠어. 나는 신이 될 테니 이 제국을 오래오래 통치할 수 있겠지. 영원히 말이야."

티스가 말을 이어 나갔다.

"미친 소리. 백 년도 못 사는 인간이 영원의 무게를 짊어지겠다고? 거기다가 네놈이 황제가 되겠다고 흘린 피가 강을 이루는 걸 모르지 않을 텐데?"

"대의를 위해서는 어쩔 수 없지. 내 계획을 다 말하면 '아, 그러십니까? 알겠습니다. 비록 저희 어머니와 제 세력이 이 날을 위해 소국을 살 정도로 자금을 풀었지만 그래도 당신 말이 옳으니 양보하도록 하지요.' 라고 할 것 같아? 러브 앤 피스?"

샨이 말했다.

"그러는 당신이야말로 왜 우리에게 모든 것을 가르쳐 주는 겁니까?"

"너희가 아니야. 너지. 네 마음을 얻기 위해서 보여 주는 약간의 성의라고 해 두지. 나는 덕 있는 군주니까."

그 말에 티스가 샨을 돌아본다.

"야, 그런 뜻이시란다."

한숨만 나온다. 그러나 이미 인류의 의지인 알테리온 소드가 에론 형을 선택한 이상 무엇이 선이라든가, 무엇이 악하다든가 하는 논의 자체가 무의미해진다.

그가 손가락을 까딱였다.

"아무튼 원점으로 돌아가서, 이렇게 하지. 나는 카이를 죽일 생각이 없다. 하지만 약간 다치게 할 수는 있겠지. 드래곤의 재생력을 모르는 것도 아니고, 에녹 교수가 어떻게든 해 줄 테니까. 근데 그래서야 이야기가 재미 없으니 승패를 두고 내기를 할까 하는데?"

카이가 말했다.

"걱정하지 마. 나는 절대 안 져. 마마."

이래서야 그의 페이스에 말려들어 가는 꼴이다. 알면서도 거부할 수가 없다.

"저희가 이긴다면 어쩌실 겁니까?"

"내가 황제가 돼도 티스를 죽이진 않도록 하지. 도망자가 되지도 않을 거고, 역적으로 모는 일도 없을 거야. 뭐, 내 부하들의 과잉 충성 때문에 암살 시도가 올 수는 있겠지만…… 그 정도는 어차피 일상 아닌가?"

물 밖으로는 어떤 짓도 하지 않겠다는 건가. 파격적인 제안이다. 그러나 맛있어 보이는 버섯일수록 독이 있는 법. 티스는 눈을 가늘게 뜬다.

"그러면 카이가 진다면?"

"고민이군. 가장 무난한 게 이 자리에서 카이의 목을 치거나 티스의 목을 치는 거겠지만 그러기엔 얽힌 게 너무 많아. 무엇보다 내가 원하는 건 마음을 얻는 거니까."

그는 자신의 턱을 톡톡 두드리다가 이윽고 눈웃음을 쳤다.

"그래, 관광 정도가 좋겠군. 내가 원할 때마다 이 주변 관광 가이드나 해 주는 걸로."

샨이 어이가 없어 웃음만 터뜨린다.

“사람을 가지고 놀고 있군요.”

그러나 거절할 수는 없다. 티스의 운명이 걸린 일이다. 카이는 양 주먹을 탁탁 부딪친다. 샨이 물었다.

“검은?”

“필요 없어. 마마의 검은 마마의 몸에 맞는 검이야. 마마의 검술 역시 마마의 몸에 맞는 검술이야.”

엘프 검술 자체가 마르고 체구가 작은 이들을 위해 특화되어 있다. 카이에게는 차라리 알테리온가의 무예가 맞다.

율케스는 생각에 잠기더니 자신의 검, 스톰 브레이커를 카이에게 던진다. 투명한 칼날이 카이의 발 바로 앞에 박힌다. 카이는 검면을 발등으로 쳐서 뽑아내고는 그대로 손가락을 튕겨 율케스를 향해 도로 던진다.

“필요 없어.”

그저 검을 돌려줬을 뿐인 행동인데도 마치 대가의 춤사위와 같다. 율케스가 말했다.

“진짜로 필요 없나?”

“필요 없어.”

그녀들이 카이를 둘러싸고 걷는다. 티스는 샨을 붙잡아 방해가 되지 않도록 구석까지 끌고 간다. 카이는 양 주머니에 손을 꽂고 무게중심을 비스듬하게 잡는다. 마치 바닥에 꽂힌 명도 같다. 휘어진 허리가 더욱 그리 보였다.

류인은 동전을 엄지 위에 올린다.

"바닥에 떨어지는 순간 시작이다. 자, 준비해. 30, 31, 32호."

그가 동전을 탁 튕긴다. 동전이 날아올라 바닥에 부딪치는 순간, 그녀들이 동시에 카이를 향해 달려온다. 카이는 여전히 주머니에 손을 꽂은 채로 웃고 있다. 송곳니가 늑대 같다. 카이는 다리를 들어 12시 방향으로 다가오는 적의 명치에 킥을 날린다.

그녀가 그 와중에도 허리를 꺾어 피하려고 한다. 카이는 진로를 변경하지 않고 그대로 중단 차기를 날린다.

카이가 만들어 낸 킥이 진공파를 만들어 낸다. 아까 의상실에서도 주먹이 닿지도 않았는데 벽이 사기그릇처럼 갈라졌다. 게다가 이번에는 장난삼아 날린 킥이 아닌 정진정면 정타!

'위험!'

호위병이 공격을 피하는 대신 검으로 막으려고 한다. 그러나 늦다. 그녀가 검을 올리는 순간, 카이는 예측했다는 듯 위에서 아래로 발꿈치를 찍는다. 큰 체구 차이를 이용한 공격이다.

퍼억!

정수리를 얻어맞고 그대로 바닥까지 턱이 찍힌다. 그 일격에 30호의 머리가 수박처럼 터진다. 손속에 사정이 없는 건 둘째 치고, 한 번의 킥이 마력으로 단련된 호문클루스의 머리를 일격에 부술 정도다.

그 순간을 기다린 동생 31호가 칼을 날린다. 처음 당한 30호는 방심 때문이었다. 이제는 제대로 공격할 필요가 있었다.

그녀가 칼을 날리는 순간, 카이의 손등에 드래곤의 비늘이 돋아났다.

카앙!

소드 마스터급의 검기다. 그러나 검기가 카이의 거죽을 뚫지 못하고 있다. 카이는 무릎차기를 날렸다. 알테리온가의 정식 기술이라고 하기도 애매한 그냥 상단 무릎차기다. 그러나 위력은 절륜했다.

뻐억!

공격이 들어감과 동시에 32호의 칼날 역시 카이의 목 아래를 향해 몰아친다. 카이도 그곳만큼은 급소인지 비늘로 막는 대신 몸을 뒤로 튕겨 회피한다.

마치 광대처럼 공중제비를 하더니 의자 등받이를 밟고

착지한다.

타앙!

티스가 그 유연한 평형감각에 휘파람을 불었다. 의자 아래로 처음 카이의 일격에 머리가 깨진 30호의 몸이 부르르 경련하기 시작했다.

카이가 물었다.

"재 죽을 건데 치료 안 해?"

류인 황자가 대답했다.

"걱정하지 마. 대체품은 많으니까."

"어째서?"

"인간이 아니야. 호문클루스거든. 만들어진 생명이니까 편히 상대해. 그 덕에 신룡의 춤사위를 볼 수 있으니 남는 장사지."

31호도, 32호도 묵묵히 검을 그러쥔다. 얼굴에는 아무 표정이 없다. 그러나 마음도 그럴까? 카이는 생각한다. 그렇다고 해도 봐줄 마음은 조금도 없다. 카이는 손을 갈고리처럼 그러쥐었다. 샨이 낮게 중얼거렸다.

"호표권."

"뭐?"

"알테리온가의 권법은 아니고 동대륙 쪽 기술이야. 호

랑이가 먹이의 목을 잡아 뜯는 모습을 형상화했지. 패도적인 권법이지만 나한테 맞는 것도 아니고 마력을 쓰지 못하면 무용지물이라서 조금 익히기만 했어.”

“그걸 지금 카이가 하고 있다는 거군.”

“응.”

31호와 32호는 서로 동시에 카이에게 달려들었다. 카이의 첫 초식 자세를 보고 공격을 계산했는지 아예 강공으로 몰아친다.

카이의 공격 하나하나가 이미 음속에 달해 있다. 어설프게 막았다가는 죽는다. 그럴 바에는 이쪽도 같은 공격으로 몰아치는 게 옳다. 그쪽은 맨손이고, 이쪽은 검을 들고 있으니까.

권법은 결코 검과 대등해질 수 없다.

주먹보다 칼이 더 강한 건 누가 봐도 당연하지 않은가.

그 순간, 카이는 장난스럽게 웃음을 터뜨리며 호표권의 초식을 풀었다. 그 대신 소매를 부풀려 여성스러운 유권으로 상대한다.

알테리온식 변형, 팔괘장!

티스가 생각했다.

‘아주 가지고 놀고 있군.’

카이의 팔이 버드나무처럼 부드럽게 움직인다. 칼의 옆면을 후려치고는 다른 손으로 턱 아래 부드러운 곳에 쌍장을 날린다.

그녀가 카이의 장타를 막는다. 그걸 기다렸다는 듯 그녀의 간격 깊숙이 들어간다.

32호가 검을 날리려 하자 카이는 무게중심을 흘려 31호를 넘어뜨린다. 32호의 검이 31호의 어깨를 찢었다.

31호는 비명도 지르지 못하고 허리가 활처럼 휘어진다. 파르르 떨리는 몸을 바라보며 카이가 말했다.

"아, 통각은 있구나. 그런데 정말로 사람이 아니야? 아픔을 알면 마음도 있을 텐데."

그리 말하는 카이의 손끝에 빛이 모여들었다.

강기. 강기를 손에 압축시켜서 한순간에 터뜨리는 기술이다. 티스가 말했다.

"샨, 이거 너도 못 쓰는 기술이잖아."

"이론만 알고 있는 기술이야."

"그걸 쓰네?"

"응, 그걸 쓰고 있어. 아버지랑 리오 형은 저 기술을 완성하긴 했는데, 에론 형이랑 아르고 형은 못 써."

흰 빛이 카이의 손에서 폭사된다. 빛의 기둥이 굉음을

뿜으며 공간을 잘랐다. 그러고는 32호의 머리를 통째로 날려 버린다. 잘려 나간 공간 사이로 풍압이 밀려온다.

카이가 말했다.

"오, 마마! 이거 꽤 시원시원한데! 기분 좋아!"

머리가 날아간 32호의 몸이 툭 쓰러진다. 살점째로 익어 버렸는지 피가 흘러나오질 않았다.

그로테스크한 장면임에도 현실감이 없었다. 지켜보던 율케스가 말했다.

"당연한 결과다. 한쪽은 죽여서는 안 된다는 명령을 받았고, 다른 한쪽은 아무래도 상관없는 상황이었지. 그렇다면 한쪽이 다른 한쪽을 일방적으로 도륙할 수밖에."

티스가 턱을 괴고는 심드렁하게 말했다.

"그래도 팔 한 짝 정도는 날아갈 줄 알았다고. 저렇게 멀쩡하게 다 해 처먹을 줄 누가 알았겠어."

카이가 손을 탁탁 털더니 팔이 날아간 31호의 머리를 후려친다.

빠악!

31호가 고꾸라지자 발로 배를 밟아 하체를 고정시킨 후에 다시 주먹으로 연타를 날린다.

퍽, 빠악, 으득, 퍽!

샨이 그제야 정신을 차린다.

"카이! 카이, 그만해. 카이!"

카이가 되물었다.

"그만해? 팔 하나 날아가도 싸울 수 있을 텐데? 이 아이 안 죽었잖아."

문득 보니 카이가 기공포를 날린 방향은 30호가 쓰러져 있던 방향이었다. 일부러 그쪽 방향으로 날린 모양이다.

인간, 그것도 정상적으로 무예를 연마한 인간의 손속이 아니었다. 인간성이 결여되어 있다. 당연했다. 애초에 카이는 인간이 아니라 드래곤이니까. 그리고 드래곤은 육식 맹수이니까.

카이가 주먹을 쥐었다.

"한 대만 더 치면 죽어. 마마."

"그러니까 그만둬."

"내기는?"

카이가 류인 황자를 바라본다. 류인 황자는 턱을 괴며 그런 카이를 즐겁게 바라보았다.

"저렇게까지 다쳤으면 치료비가 더 들겠는걸? 그냥 폐기하는 편이 좋을까나."

샨은 카이의 주먹을 붙잡았다. 바위도 두부처럼 으깨던

팔이 제 주인에게 잡히자 어린아이처럼 얌전해진다.

"하지 마?"

샨이 고개를 끄덕인다. 카이는 그제야 31호를 놔준다. 31호는 어깨를 붙잡고는 엉금엉금 바닥을 기어 멀어진다.

"이거면 됐잖습니까!"

그 말에 류인 황자가 명령한다.

"31호, 공격해. 아직 내기는 안 끝났어."

그녀가 몸을 떨며 한쪽 손으로 검을 쥔다. 자세는 안정되어 있었지만 다친 몸으로는 무리다. 이미 한쪽 눈도 제대로 뜨질 못하고 있다. 말 그대로 카이의 주먹 한 방이면 그녀는 끝난다.

샨이 말했다.

"그만하라고요."

류인 황자가 대답했다.

"말했잖아. 폐기 처분 해야 한다고. 저건 치료비가 더 많이 들어."

황자는 그녀들이 인간이 아니라고 했다. 하지만 카이는 저건 마음이 있다고 했다. 고통을 느끼니 마음이 있는 거라고. 카이가 주먹을 꾸욱 그러쥐며 물었다.

"마마?"

그 뜻을 알고 있기에 샨은 카이의 손을 놓지 않았다.

"억지 그만 부리십시오. 이미 이겼잖습니까!"

"억지는 그쪽이 부리는 거지. 내기는 내기잖나. 싫다면 졌다고 말하시든가?"

그럴 수는 없다. 샨은 그를 노려보았다. 31호는 심호흡을 한다. 정신력으로 통각을 차단하려는 모양이다. 마침내 티스가 입을 열었다.

"샨, 난 신경 쓰지 말고 네 마음대로 해."

그때 류인 황자가 말했다.

"비긴 셈 치지."

샨이 되물었다.

"내기하기 전으로 돌리자는 말씀이십니까? 그러고 싶진 않습니다."

"아니, 네 친우인 티스도 내가 역적으로 몰아 죄를 묻지 않을 테니 너도 날 관광시켜 달라는 거지."

티스가 말했다.

"처음부터 이럴 생각이었군."

"뭐가?"

류인 황자가 빙글빙글 웃는다. 티스는 뒷일은 생각하지 말고 저 얼굴을 채찍으로 갈겨 볼까 말까 심각하게 고민한다.

"차라리 네놈이 샨의 목에 칼을 대고 일을 시켰다면 따르지 않았겠지. 가문을 조지겠다고 협박하기에는 알테리온 가문 자체가 독특해. 설령 세력을 잃고, 영지를 잃고, 떠돌아다닌다고 해도 그들의 정체성이 무너지진 않는다. 오히려 그들 개개인이 '알테리온' 이야. 강함에 있어서만은 타의 추종을 불허하지."

류인 황자가 대답했다.

"그래. 협박할 거리가 없어. 만약 알테리온가의 가주를 불러 역적죄를 물어 목을 벤다면 가주는 순순히 목을 내밀겠지. 하지만 딱 그 정도까지일 거다. 알테리온가에는 삼형제가 살아 있으니까. 그 은원이 어디 가는 것도 아닐 거고. 가문 전체를 멸하기에는 세 사람이 자유분방해. 대의나 충의로는 결코 엮일 놈들이 아니지."

티스가 말했다.

"옛날의 여렸던 샨이라면 뒷일을 생각하지 않고 항복했겠지. 내가 질 테니 저 사람만은 살려 달라고. 하지만 더 이상 그렇게 굴지는 못해. 누구 때문에 말이지."

"내가 아니야. 에론 알테리온 때문이지. 그의 사랑으로 샨은 훌륭하게 성장해 줬잖아?"

"그렇다면 하나의 결론밖에 도출할 수 없어. 처음부터 당신은 이럴 작정이었던 거야. 지금 눈앞에 펼쳐진 이 광경이 그 증거지. 이야, 예비 폐하께서는 매우 훌륭한 야바위꾼으로 성장하셨군요."

류인 황자가 대답했다.

"그래서 황자 중에서 널 가장 먼저 처리하고 싶었던 거다, 티메리스. 머리가 좋다면 입이라도 다물 것이지. 아니면 언제든지 목을 칠 수 있게 무력이라도 약하든가. 그래서 샨, 대답은?"

샨은 입술을 씹었다.

Chapter 2

순백의 어둠

1.

세상에는 수많은 악인이 있다. 류인은 말한다. 그 악인을 처단하는 게 군주의 사명이라고.

그는 진심으로 생각한다. 자신은 정의를 수호하며 악인을 멸하기 위해 수단과 방법을 가리지 않고 있다고. 그렇기에 그 과정이 다소 보기 좋지 않을 수 있다고도 했다.

샨은 그런 그를 어떤 잣대로 판단해야 하는지 혼란스러웠다.

티스가 말했다.

"미친놈한테는 논리를 가져다 대면 안 돼. 괜히 말 섞다가 같이 미치는 건 순식간이거든."

샨, 티스, 율케스 그리고 카이는 그대로 카페에서 나와 기숙사로 돌아갔다. 류인 황자가 말했다.

'관광은 잘 부탁할게. 예정 잡히는 대로 하루 전에 서신을 보낼 테니 준비해 두고.'

그의 뒤에서는 31호가 주섬주섬 자기의 잘린 팔을 줍고 있었다. 31호에게 눈길조차 주지 않고 그는 그렇게 멀어졌다.

"제정신이 아닌 건 맞는 것 같아."

샨의 말에 율케스가 대답했다.

"본인은 정상이라고 생각하는 모양이더군."

샨이 그 말을 정정했다.

"평범한 사람이 보기에 천재는 미친놈으로 보인다고 자기 입으로 말하더라."

티스가 대답했다.

"종이 한 장 차이이긴 한데, 그 새끼 본인 입으로 할 소린 아니지."

그런 그가 티스를 가장 경계한다고 말했다. 가장 먼저 제거하려 했다고. 그런데 티스의 모습을 보고 있으면 그냥 평범한 놀기 좋아하는 친구 같다.

피로가 몰려온다. 샨이 말했다.

"나 그냥 돌아가서 씻고 자고 싶어."

"야, 너 돌아가면 방에 에론 형 기다리고 있는 거 아니냐?"

샨이 고개를 저었다.

"수색하느라 바쁜데 내 방까지 와서 인사 오겠어?"

그 말에 셋이 동시에 대답했다.

"니 형이면 한다."

"니 형이면 하지."

"마마 형이면 해."

샨은 그런 셋을 빤히 바라보다가 혀를 찼다.

"그래, 우리 형이라면 그러고도 남지."

2.

기숙사에 도착할 때까지 보호막은 다시 올라가지 않고 있었다. 입구에서부터 사람들이 부지런히 오가는 게 보인다. 에론 형이 데려온 수색 팀이다. 아카데미 전체를 구석구석 뒤져 보려는 모양이다. 그러나 정작 에론 형은 보이지 않는다.

방에 들어오니 테이블에 말굽 쿠키와 고급 차가 통째로 놓여 있다. 하늘색 줄무늬 리본은 단순히 리본 하나로 묶은 게 아니라 리본 두 개를 더 사용해서 꽃 모양으로 데커레이션을 해 놨다. 이렇게까지 공을 들일 인물이 누군지 알기에 아무도 말을 하지 않았다.

어느 정도여야 웃어넘기지 이쯤 되니 슬슬 무서워졌기 때문이다.

샨은 담담히 리본을 풀어 통 안에 든 찻잎 향을 맡아 본다.

"고급 녹차네. 동대륙에서 유행한다는 백로향인데?"

"그걸 네가 어떻게 알아?"

티스의 말에 카이가 대답했다.

"마마가 어릴 때 이 차 엄청 좋아했거든. 근데 값도 값인데다 구하기도 어려워서 티는 안 냈어. 좋아한다고 말하면 아르고 형이고 에론 형이고 어떻게든 구해 오려고 할 테니까."

티스가 이마를 찌푸렸다.

"그거 너 태어나기 전에 있었던 일 아니냐?"

카이가 고개를 끄덕였다.

"응, 무예에 대한 기억과 함께 이런 부분도 공유하고 있으니까."

샨이 고개를 끄덕였다.

"에론 형이 눈치채고 준 건지 아니면 가장 좋은 차를 구해 오려고 하다가 우연히 걸린 건지는 모르겠지만 말이야."

카이가 물었다.

"마마, 내가 끓일까?"

샨이 고개를 저었다.

"아냐아냐. 기억을 공유했다고는 해도 차를 끓이는 건 인내의 문제니까. 아마 카이가 끓인다고 해도 똑같은 맛은 안 나올 거야."

티스가 물었다.

"전부 기억하는 거야? 샨이 아는 것과 기억하는 거 전부?"

그 말에 카이가 샨의 침대에 누워서 바닥을 구른다.

"전부……냐고 묻는다면 글쎄, 사람이 태어났을 때부터 지금까지의 모든 일들을 다 기억하는 건 아니잖아. 최근 것일수록 또렷하고 예전 것일수록 점점 가물가물해지다가 나중에는 기억하는 일보다 기억 못 하는 일이 더 많은 그런 거. 그거랑 비슷해."

율케스가 고개를 끄덕인다.

"그렇군. 마스터의 드래곤이 이성일 경우 배우자가 엄청 싫어한다는 게 이런 거군."

"자기보다 배우자에 대해 더 잘 알고 있는 존재가 있는 거니까. 거기다가 대형 드래곤은 수명도 인간보다 기니 늙지도 않고 늘 젊고 아름다운 모습일 테고."

카이는 몸을 일으켜서 자신의 몸을 여성으로 변화시킨다. 여성의 모습이 되니 카이에게 딱 맞던 셔츠가 어깨 아래까지 흘러내린다. 샨이 얼굴을 붉히며 소리 지른다.

"우, 우왓! 카이, 그만해!"

티스가 말했다.

"이러거나 말거나 샨은 혼삿길 막혔지, 뭐. 여성체로도 변신이 가능하다니 저건 정략결혼 말고는 답이 없다."

그러고는 샨에게 들리지 않게 작은 소리로 '지젤은 텄군.'이라고 중얼거렸다. 그 사이 샨은 겨우 카이를 남성체로 도로 돌리고는 차를 끓였다.

신룡, 카이가 신룡이라니.

지금이야 용신들을 필두로 한 상위 용들이 이 세계를 떠난 후라 하급 드래곤들은 가축과 다름없이 살고 있다. 인간에게 부림받고 전쟁터에서 희생당하고 있다.

간혹 발견되는 지능 높은 드래곤들은 카이처럼 마스터와

계약해서 함께 다니게 되지만 그것도 엄연히 말하면 용 본인의 의지는 아니다. 태어날 때부터 주인을 봐 왔기 때문에 어미라고 인식되었을 뿐.

그나마도 주인이 먼저 죽으면 새 주인을 찾지도 않고, 야생으로 돌아가거나 평생 알을 낳는 번식용으로 살아가게 된다.

차를 따르면서 샨은 식은땀을 닦았다.

예전이라면 귀여운 맛이라도 있었는데 이제는 그도 아니다. 앞길이 험난했다.

무엇보다, 신룡이라니……. 제대로 키울 수는 있을까. 아니, 애초에 인간보다 아득히 상위의 종족 아닌가. 키운다 어쩐다 말할 수 있는 수준이 아니다.

'제발 류인 황자가 거짓말을 한 것이기를.'

제단 쌓아 놓고 기도라도 하고 싶다.

3.

이튿날 아침, 눈을 뜨니 테이블 위에 놓인 30첩 도시락이 위용을 뽐내고 있었다. 티스가 멍한 눈으로 뇌까렸다.

"아무리 경계를 안 하고 잤다지만, 인기척을 숨겨서 도시락만 내려놓고 본인은 안에서 문 잠가 놓은 거 그대로 다시 잠그고 돌아갔다고?"

카이가 샨의 침대에서 몸을 일으켰다.

"와서 조용히 내려놓고 마마 머리 한 번 쓰다듬고 가더만."

티스가 물었다.

"넌 깨어 있었나 보네?"

"응, 내 영역에 낯선 인간이 들어오면 예민해지더라고. 확인만 하고 도로 잤어."

과연 드래곤은 드래곤인 모양이다. 샨이 카이의 겨드랑이 사이에서 겨우 몸을 일으켰다.

"카이야, 침대 하나 더 해 줄 테니까 제발 거기서 자면 안 돼?"

"안 돼. 나는 마마 체온이 좋아."

"하다못해 원래 용 모습으로라도 돌아가 줘. 무게라도 덜 나가게."

안색을 보아하니 간밤에 가위라도 눌린 모양이다. 샨은 구르다시피 침대 아래로 내려온다.

"옛날에는 용 침대에서 잘 잤잖아."

“지금은 사람 모습이잖아.”

“그러면 그냥 사람 침대 해 줄 테니까 거기서 자라고.”

“싫어. 따뜻한 게 좋아. 아, 내가 남성체라 덩치가 커서 그런 거야? 그러면 역시 내가 여성체로 매일 마마의 품 속에…….”

이 말에 티스의 얼굴이 새파래진다.

“워워, 그랬다가는 풍기문란으로 내가 퇴학당한다. 지젤이 나한테 다 뒤집어씌울 테니.”

끔찍하다. 샤은 핼쑥한 표정으로 카이를 치운 후, 30첩 도시락 앞에 섰다. 보온병에 들어 있는 크림 스튜가 따뜻하다. 티스가 말했다.

“미친, 사과가 토끼 모양으로 잘려 있어.”

그 무표정한 얼굴로 심야에 30첩 도시락을 쌓는 에론을 떠올리니 그건 그거대로 공포물이다. 대체 이 사과를 토끼 모양으로 자르면서 그는 어떤 표정을 짓고 있었던 걸까.

율케스가 말했다.

“이건 고작 1층이야. 아래층으로 내려갈수록 점점 더한 걸 볼 수 있을 거다.”

샤은 덜어 먹기 좋게 식기를 꺼내 왔다. 표정을 보니 뭔가 초탈한 듯 담담하다. 티스가 말했다.

"여기에 수면제라도 탄 거 아니야?"

"안 타. 에론 형은 그래도 먹을 거 가지고 장난치지는 않아."

샐러드를 각자 그릇에 덜고는 2번째 층을 열었다. 그곳에는 꽃 모양으로 만든 게살 크림 크로켓이 앙증맞은 자태를 뽐내고 있었다. 빵가루에 꽃가루라도 섞었는지 갈색이 아닌 분홍색이다. 김이 모락모락 나는 크로켓을 각자 그릇에 덜었다.

"카이는 사람 입맛에 적응될 것 같아?"

"응, 마마. 지난번에 벌꿀 아이스크림 먹었을 때 괜찮았어. 이 모습으로 있을 때는 미각도 사람 미각이랑 비슷한 모양이야."

이러면 정말 사람이랑 다를 게 없다. 카이가 머리를 쓸었다.

"근데 여긴 좀 답답해."

그 순간, 카이의 머리에서 뿔이 돋아났다.

"안에서는 이러고 있어도 돼? 마마가 감추라고 하면 감출게."

샨은 카이의 컵에 수프를 담으며 물었다.

"뿔 넣고 있으면 얼마나 힘든데?"

"많이 힘들진 않아. 사람으로 치면 배에 힘 주고 걸어 다니는 느낌? 습관이 되면 괜찮을 거 같긴 해."

샨은 고민하다가 고개를 저었다.

"너 편한 대로 다녀. 어차피 방학 중이기도 하고 그거 이해 못 할 교수님들도 아니니까."

"응."

카이가 고개를 끄덕인다.

4.

샨은 도시락을 깨끗하게 씻어 말려 놓고는 신록의 서 번역본을 하루 종일 정독했다. 오후에는 샨 앞으로 우편 드래곤이 도착했다.

이서릴에게서 온 소포다. 열어 보니 세븐 드래곤즈 북스 번역본이 들어 있다.

번역본 표지 안쪽에는 이서릴이 이렇게 써 놓았다.

생각보다 늦었네. 미안해.

이걸 얻겠다고 했던 고생들이 주마등처럼 스쳐 지나간다. 신록의 서 때도 그렇고 그때도 그렇고, 뭐 하나 쉬운 게 없다. 샨은 책을 펼쳤다. 일곱 신룡들이 만든 책. 그것도 암호로 만들어 놔서 알기 어렵다고 한다.

책으로 만든다는 건 분명 후대에 기록을 남기려고 했다는 뜻이지만, 그걸 구태여 암호로 만든 건 아무나 볼 수 없게 하기 위해서다.

이서릴처럼 고대의 드래곤이 아니면 해석할 수 없도록 만들었다고 했으니 아마 그걸 위한 거겠지.

'어쩌면 카이에 대한 실마리가 들어 있을지도 몰라.'

어릴 때 즐겨 읽던 영웅기에서는 이럴 때면 어떤 기연을 만나서 현자들이 진리를 줄줄이 읊어 주던데 현실에서는 얄짤없다.

결국 책상데기 신세다.

샨은 심호흡을 했다. 부디 그동안 축적해 온 기초 지식들이 이걸 이해할 수 있을 정도가 되기를. 그동안의 노력이 헛되지 않기를.

5.

샨은 천천히 깃펜을 내려놓았다. 이건 샨의 이지를 넘어선 내용이었다.

아니, 정확히 말하자면 이해가 아예 안 되는 건 아니다. 이미 샨은 마나의 구성과 원리, 이 세계의 기원에 관해서라면 상당한 수준이라고 자부해 왔다.

검술과는 달리 지식은 노력한 만큼 향상되니까. 그러나 이건 다르다. 샨이 생각해 왔던 것과 전혀 다른 이야기였다.

'용신계의 이야기.'

현재 용신들은 용신계라고 하는 세계로 넘어갔다. 세계 하나를 통째로 만든다는 건 이 세계 자체에 반하는 행위다. 아무리 용신의 힘이 신급이라고는 하지만, 신을 뛰어넘는 건 아니다.

그들은 언젠가 이 중간계가 멸망하리라는 사실을 알게 된 뒤, 지혜를 짜냈다.

태양이 달에 입을 맞추기 전, 마도 시대의 아득한 이야기다.

그들은 애초부터 모든 인간을 살리고 싶다는 생각은 하지 않았다. 그들에게 있어서 구해야 할 건 같은 드래곤들이었고, 그중에서도 특히 지성을 갖추고 있는 최상급 드래곤들뿐이었다.

'세계를 만드는 이야기.'

책에는 천지창조에 대한 비술이 적혀 있다. 마법 구조도 샨이 이해할 수 있을 정도로 단순했다. 그러나 그것에 사용되는 마력은 인간의 힘으로는 무리다.

말 그대로 신만이 할 수 있는 일이다. 샨은 작게 한숨을 내쉰다.

"이래서야 쓸 수가 없잖아."

이서릴이야 유용하게 사용할 수 있겠지만 샨 자신은 그냥 인간……. 거기까지 생각하고 샨은 카이를 돌아본다. 카이는 커다란 덩치로 침대 하나를 다 차지하고 자고 있다.

잠 좋아하는 건 아기 때나 성룡일 때나 똑같다.

'카이가 만약 신룡이라면 카이의 마력을 빌려 사용할 수도 있어.'

그러나 그렇게 되면 샨 자신의 육체는 붕괴된다. 인간의 몸으로는 그렇게 많은 마력을 사용할 수 없다. 설령 그게 빛의 기둥으로 정화를 거친 육신이라고 해도 어쩔 수 없다. 순혈 하이엘프조차도 이 마력을 다 감당하지 못할 테니까.

그렇다고 해도 세계 창조는 불가능하다. 신룡 다섯 마리가 모여 만든 세계를 카이 혼자서 만드는 것은 무리다.

'안 돼. 이런 일로 실망하기는 일러. 지고의 지식이야. 적어도 엘의 부담을 덜 만한 방법이 있을 거야.'

여기까지 와서 포기할 수는 없다. 분석하고 또 분석해야 한다. 생각하고 또 생각해야 한다. 샨은 손을 뻗어 신록의 서를 찾는다. 여기서부터는 그저 인내와의 싸움이다.

같은 시간, 율케스는 티스 앞에서 검을 흔들었다. 스톰 브레이커의 투명한 검날이 반짝인다. 그러나 그 빛도 아주 희미해서 주의 깊게 보지 않으면 검의 윤곽을 짐작하기 힘들다.

티스는 그런 율케스를 보며 싱글벙글 웃었다.

"그래서 한판 하자고?"

"응."

"나도 요즘 실력이 녹슬지 않게 관리해야 하긴 하는데, 글쎄다. 나는 사정 봐주면서 공격하기 힘들어. 나는 대련용으로 기술을 쓰는 게 아니니까."

스스로의 목숨을 연명하기 위해 누군가를 죽여야만 했다. 제대로 된 검술이라면 보통 둘 중의 하나가 항복할 때 검을 놓으면 된다. 그러나 티스의 삶에는 그런 게 없었다. 항복을 들을 새도 없이 급소를 노려 처치하고 다음 적을 맞

이해야 한다. 동작에 군더더기가 없다. 사람의 급소를 노리는 데 주저함이 없었다.

"그래서 너에게 알테리온가의 무예는 맞지 않았지."

티스가 한쪽 눈을 장난스럽게 감았다.

"어쩔 수 없잖아? 그쪽은 호적수를 만나 정정당당히 상대하는 무예라고. 가장 속이 시커멓다고 할 수 있는 에론 알테리온조차도 검로(劍路)는 맑아."

"그저 빠를 뿐이지."

"그래. 어찌해 볼 수 없을 정도로 맑고 빠를 뿐이야."

티스는 고민하더니 목창을 집어 들었다.

"이거면 어때? 이거라면 네가 다치는 일은 없을 텐데."

율케스가 살짝 이마를 찌푸린다.

"내가 다칠 거라고 생각하는군."

"응, 나 요즘 꽤 강해졌거든. 제법 수라의 길을 걸어와서 말이야."

황자들의 전쟁 속에서도 티스는 늘 혼자였다. 친우들을 끼어들게 하기 싫었기 때문인지 아니면 혼자서 제 몸 챙기기도 벅찼기 때문인지는 모르겠지만 늘 그래 왔다. 그랬기에 율케스는 티스가 어디까지 성장했는지는 모른다.

그가 알 수 있는 것은 단 하나. 그저 지금 이 순간까지도 수없이 이어지는 류인 황자의 암살 시도에도 불구하고 호위 하나 없이 목숨을 챙기고 있다는 것.

"너는 잘 죽지 않는다고 했지."

"응, 나는 잘 안 죽어."

율케스는 검을 도로 집어넣었다. 그러고는 목검을 집어 들었다.

"박력은 없겠지만 이 정도로 해 둘까."

자주 사용하는 무기도 아니고 나무로 만든 연습용 목창, 율케스는 기대를 접었다. 그저 몸을 풀 정도로만 티스가 버텼으면 좋겠다고 생각했다.

그 순간, 티스의 잔상이 사라진다. 급작스러운 기습. 율케스는 검을 들어 티스의 창대를 막는다.

탕!

티스가 여유롭게 웃는다.

"동체시력 하난 여전히 좋네."

"그쪽이야말로 기습 하난 여전하군."

"에이, 이쪽을 더 원하면서."

티스는 창의 탄력을 이용해 몸을 띄운다. 보통 칼과 창이 맞닿은 상태에서는 자세를 바꾸기가 쉽지가 않은데 물 흐르듯 자연스럽다. 율케스가 티스를 향해 검격을 날린다. 티스는 공중에서 창대를 빙그르르 돌려 검격을 막더니 곡예라도 부리듯 율케스의 목검 위에 착지한다. 율케스가 물었다.

"이게 진검이었으면 네 다리는 절반으로 찢겼을 거다."

"알아. 그래도 이렇게 노는 것도 하나의 묘미 아니겠어?"

둘은 동시라고 해도 좋을 정도로 서로에게서 떨어진다. 그 후 티스는 어깨에 창을 걸치고 다시 율케스를 향해 접근한다.

"아르고의 창술이군."

"응, 눈치챘네?"

타앙!

창끝이 제법 매섭다. 아르고와 몇 번 싸우지도 않았는데 그새 기술을 훔친 모양이다. 티스는 늘 그렇다. 타인이 사용한 기술을 눈대중만으로 따라 한다. 물론 넬처럼 완벽하게 능력을 복사하진 못한다. 그러나 그것을 자기 식으로 만들어 빠르게 흡수한다.

특수 능력이라기보다는 학습 능력에 가깝다.

세간에서는 이런 종류의 인간을 천재라고 부른다.

율케스의 입술에 옅은 미소가 밴다.

'오랜만이군.'

율케스의 검격이 수십 개로 불어난다. 단순한 찌르기,

그러나 공격 하나하나가 살초에 가깝다. 티스는 검격 하나하나를 창술로 후려친다.

분명 나무와 나무의 충돌임에도 금속성 소리가 울린다.

카앙! 캉, 카앙!

율케스가 점점 더 속도를 높인다. 티스는 율케스의 속도를 따라가다가 어느 한순간, 거리를 벌린다. 육체 능력으로는 율케스를 대적할 수 없다는 걸 알기 때문이다. 그리고 곧바로 알테리온식 직선 찌르기!

목검으로 쳐 내는 순간, 나무 날이 부러진다. 율케스는 고개를 젖혀 공격을 피한다.

'쯧, 실수했군.'

요즘 내내 진검만 쥐다 보니 생기는 실수다. 율케스의 힘을 목검이 버텨 내질 못한다.

검이 부러졌다고 공격을 멈출 친우가 아니다. 티스는 어깨의 탄력을 이용해 목창으로 호를 그린다. 끝에 날이 달렸다면 사람의 목이 단번에 잘려 나갔을 공격이다. 율케스는 부러진 목검으로 공격을 마지막으로 막아 내고는 미련 없이 검을 버린다. 동시에 티스의 간격까지 파고든다.

"역시 신체 능력 하나만은 괴수라니까."

율케스의 숨결이 훅 닿는다. 맹수의 노린내 같다.

티스는 봉을 땅에 꽂고는 장대높이뛰기를 하듯 몸을 용수철처럼 튕긴다. 간격이 다시 멀어진다. 율케스는 혀를 차며 자세를 잡는다.

둘은 어쩐지 처음에 마주했던 정반대 위치에서 서로 바라보았다. 율케스가 말했다.

"어때? 이 다음은 진검으로 하는 건."

티스가 웃었다.

"이 친구, 어지간히 흥분했네."

티스 입장에서도 이대로 끝내 버리면 몸 풀기는커녕 뒤끝만 찜찜하다. 이참에 제대로 승부를 볼까. 하지만 류인 황자와 에론 알테리온의 눈이 도처에 깔려 있는데 진짜 능력을 보이고 싶진 않았다. 물론 그걸 입 밖으로 밝히고 싶지도 않았고.

티스는 창을 도로 집어넣었다.

"밥 먹은 지 얼마나 됐다고 또 배고프다. 간식이나 찾아볼까?"

율케스는 아쉬운 모양인지 검 손잡이를 만지작거리다가 결국 손을 뗐다. 티스의 속내를 눈치챈 모양이다.

6.

신록의 서는 세븐 드래곤즈 북스보다 난해했다. 기본적으로 세븐 드래곤즈 북스는 고대 드래곤인 이서릴이 직접 번역했지만, 신록의 서는 샨이 번역한 것을 기반으로 라온 교수님이 첨삭을 한 정도라 더욱 그랬다.

'음, 그러니까 이 세계를 움직이는 건 마나이고, 물질은 생명을 담는 그릇…… 그릇과 마나, 그리고 영혼이라고 부르는 에너지체가 합쳐져서 생명이라고 정의한다는 거지? 이건 칼레스트 학파랑 비슷한 이론인데…….'

참고 도서 몇 개 더 주워 와서 같이 이해해야겠다. 그래도 소득이 아예 없진 않다. 신록의 서에서만 알 수 있는 드루이드의 주문들을 알 수 있었다.

'정령과 따로 계약하지 않고 순수한 자연의 힘을 빌려 기적을 일으킨다는 거네. 고위급 주문인데?'

교과서에서는 결코 알려주지 않는 마법들이다. 샨은 빠르게 암기했다.

'역시 오늘 안에 전부 익히는 건 무리 같네.'

샨은 습관처럼 더듬더듬 컵을 찾는다. 그때 따뜻한 무언가에 손이 닿는다.

"안녕?"

샨은 비명을 억누르며 의자에서 몸을 일으킨다.

"왜, 왜 오신 겁니까!"

류인 황자다. 언제부터 지켜보고 있었던 걸까? 집중하느라 기척도 느끼지 못했다. 샨은 카이를 돌아보았다. 에론 형이 오가는 것도 눈치챈 카이었다. 검의 대가도 아닌 류인 황자의 인기척을 못 느낄 리 없다.

옆을 돌아보니 카이는 여전히 자고 있다.

"무슨 수를 쓴 거죠?"

류인 황자는 어깨를 으쓱했다.

"무슨 소린지 모르겠네."

순순히 대답해 줄 생각이 없는 모양이다. 하긴, 티스만 해도 숨겨진 재주가 많지 않았나. 류인 황자쯤이나 되는 사람이 무방비하게 돌아다닐 리가 없다.

뭔가 수를 쓴 거겠지.

마법이든 기술이든.

샨이 손가락으로 딱딱 소리를 내며 카이를 깨웠다.

"카이, 일어나."

샨의 명령에 천천히 카이가 눈을 뜬다.

"마마?"

카이는 류인 황자를 한 번 보다가 다시 샨을 한 번 본다. 이윽고 카이가 말했다.

"저거 사람 아니야."

"뭐?"

류인 황자가 의자를 당겨 앉는다. 샨은 신록의 서와 세븐 드래곤즈 북스를 덮어 숨긴다. 어디서부터 책을 엿본 건지는 알 수 없다. 하지만 그가 이 책의 가치를 모를 리가 없었다.

'티스와 율케스가 잠깐 나간 사이에 침입한 건가?'

그렇다는 말은 줄곧 이쪽을 감시해 왔단 뜻이다. 류인 황자가 말했다.

"관광이나 시켜 달라고 하려고 왔어."

"관광이요?"

"응, 약속을 잊은 건 아니겠지? 혼자 오라는 소리는 안 할게. 카이와 너, 단둘이 와. 그 정도면 네 몸 하나 지키기엔 충분할 테니까."

샨은 입술을 깨문다. 그가 몸을 일으켰다.

"준비하고 밖으로 나와. 교문 앞에서 기다리고 있을게."

그게 무슨 뜻이냐고 묻는 순간 류인 황자의 모습이 빛이 되어 흩어졌다. 분명 촉감도 인기척도 사람의 그것이었다. 그런데 진짜가 아니라니? 카이가 말했다.

"어쩐지 텅 빈 거 같더라."

"환영 마법의 종류인가? 그것도 최상급 환영 마법."

그런 거라면 카이의 감각을 속였던 것도 이해가 간다. 샨은 뺨을 긁적였다.

7.

샨은 외출복으로 갈아입었다. 돌아온 티스와 율케스에게는 책을 맡겼다.

자초지종을 들은 티스가 이마를 찌푸렸다.

"그 녀석 말대로 할 생각이야? 나는 신경 쓰지 말라니까!"

샨이 고개를 저었다.

"이게 남는 장사라는 건 너도 알잖아. 그리고 카이만 곁에 있으면 내 몸 하나는 얼마든지 지킬 수 있어."

샨은 셔츠 단추를 잠근다. 티스는 그런 샨의 손목을 낚아챘다.

"진짜로 할 생각이야?"

"응, 별일 없을 거야. 그냥 관광일 뿐이니까."

"관광은 무슨 놈의 관광. 그 말 그대로 믿냐?"

"안 믿어. 하지만 그 사람이 날 공격하지는 않을 거라는 걸 알고 있어. 카이 역시 마찬가지고."

신룡의 춤사위를 보겠다고 그 귀한 호문클루스를 세 명이나 희생시켰다. 그런 인간이다. 샨은 시선을 내리깔았다.

"걱정하지 마. 별일 없을 거야."

티스는 결심했는지 한쪽 팔을 늘어뜨린다. 그 순간, 율케스가 티스의 뒷목을 후려친다.

퍽!

가까운 거리에서 방심한 상태다. 일격에 티스의 몸이 쓰러졌다. 소리 소문도 없는 공격에 샨이 눈을 동그랗게 뜬다.

"이게 무슨 짓이야? 율케스!"

"이 녀석 방금 마취 침 꺼내고 있었어."

"아……."

애석하게도 그의 친우는 그런 놈이었다. 율케스가 티스를 어깨에 들쳐 메고 침대에 눕힌다. 샨은 그런 티스에게 이불을 덮어 주었다.

"티스보고 마음만 받는다고 해."

율케스가 대답했다.

"응, 너야말로 조심해라."

"책 잘 지켜 주고."

"그래."

율케스가 대답하니 안심이다. 율케스의 목소리에는 듣는 사람을 믿게 하는 그런 힘이 있다. 표정 변화는 적어도 말은 바위같이 단단하다. 샨은 그런 율케스를 향해 힘껏 웃어 보였다.

"그러면 잘 부탁해!"

샨은 카이의 옷까지 제대로 갖춰 입히고는 마지막으로 붕대를 쥐었다.

카이의 전투 스타일은 무투가와 비슷하다. 무투가라고는 해도 무조건 맨손으로 싸우는 건 아니다. 검사가 검을 쓰듯 무투가들도 건틀릿을 사용한다. 맨손으로 적을 후려치면 그 충격량만큼 손도 데미지를 입기 때문이다. 그걸 막기 위해서 안감은 부드러운 소재로, 겉감은 단단한 소재로 만든다.

카이야 적의 칼이 나오면 그 부분만 피부를 단단하게 만들어 방어하는 모양이지만 그것도 분명 한계가 있을 거다.

'붕대라도 감겨야 하나?'

어설프게 할 바에는 안 하는 게 낫다. 거추장스럽고 방해만 되기 때문이다. 샨은 붕대에서 손을 뗐다. 아무래도 제대로 된 무기점을 찾아야 할 것 같다.

밖으로 나오니 류인 황자가 이쪽을 향해 손을 흔들었다.

"오, 여기야. 여기!"

목소리도 참 경쾌하다. 호위는 보이지 않지만 주변 어딘가에 숨어 있을 게 분명하다.

샨이 물었다.

"대체 어디로 가자는 겁니까?"

"관광. 이 주변 관광."

"아시다시피 지금은 아마 볼 게 별로 없을 겁니다. 방학 중이라 대부분 닫았을 테니까요."

"괜찮아. 좋은 게 좋은 거 아니겠어?"

역시나 뭔가 따로 속내가 있는 모양이다. 샨은 학교 시계탑을 바라보고는 시간을 쟀다.

"네 시간 정도면 충분하겠죠."

"여섯 시간. 에누리 없어."

샨이 대답을 망설이자 류인 황자가 말했다.

"하루 꼬박 할 생각이었는데 봐주는 거라고? 아쉬운 쪽은 그쪽 아니던가."

샨은 작게 한숨을 쉬었다. 그가 덧붙여 말했다.

"고작해야 두 시간 차이야. 여기까지 왔는데 그게 힘든가? 이미 나는 충분히 그대를 위해 자비를 베풀었는데. 원한다면 내기 전으로 돌아가도록 하지."

이쪽이 뭐라고 하기도 전에 퇴로를 차단했다. 샨은 카이를 돌아본다. 카이는 그런 샨의 어깨를 끌어안는다. 자기만 믿으라는 신호에 샨은 고개를 끄덕였다.

"알겠습니다. 어디로 가면 되죠?"

8.

그가 향한 곳은 여성 장신구점 몇 군데와 레스토랑이었다. 매운 맛을 좋아하는지 칠리가 들어간 음식을 선호했는데, 샨은 한입만 먹고 불을 뿜을 뻔했다.

신기하게도 그가 향하는 곳마다 가게가 열려 있었는데 얼마 안 있어 그 이유를 알게 되었다.

"아무리 방학이라고 해도 그렇지 손님이 저희밖에 없군요."

아까 가게도, 그 전 가게도 그랬다. 손님이라고는 샨, 류인, 그리고 카이. 이 셋뿐이다. 방학인데도 가려는 가게마다 열려 있는 건 둘째 치고, 본인들 외에는 단 한 명의 손님도 보지 못하니 그건 그거대로 수상하다. 류인 황자는 칠리 타코를 한입 씹었다.

"아, 역시 타코는 하드 타코가 맛있단 말이야."

"제 말에 대답 안 하셨습니다만?"

"음? 별거 아냐. 갈 곳에 미리 연락해서 가게를 전세 냈거든. 당연하지, 나같이 연약하고 귀한 몸이 가는 길인데 어떻게 미리 준비를 안 하나."

샨은 망고 젤리를 포크로 잘라 떴다.

"거기서부터 이미 관광이라는 의미에서 한참 빗겨 나간 것 같습니다만."

"관광은 관광이지. 패키지 관광, 몰라? 요즘 황도에서 유행하는 건데."

그런 것 따위 알게 뭔가. 그 전에, 이미 가게를 전부 미리 전세 내서 관광할 요량이었으면 대체 샨이 왜 필요하단 말인가.

'어차피 관광이 목적이 아니란 건 알고 있었지만.'

그렇다고 뭔가 특별한 행동을 하는 건 또 아니다.

'하다못해 내 편이 되라든가, 그런 이상한 소리라도 할 줄 알았는데.'

지금 그는 매우매우 정상으로 보인다.

미친놈이 갑자기 정상인처럼 군다는 건 굉장히 이상한

일이다. 이쪽이 혼란스러워 하는 걸 눈치챘는지 류인 황자가 포크와 나이프를 양손에 하나씩 들고 씨익 웃었다.

"왜, 권유를 안 하니 아쉽나?"

샨은 딱 잘라 대답했다.

"가급적 평생 안 해주셨으면 좋겠습니다만."

"냉정하기는. 하긴, 그래서 마음에 든 거지만."

그가 손을 뻗어 후추를 집어 든다. 소매가 잡아당겨지며 손목이 언뜻 보였다. 샨이 끼고 있는 것과 똑같은 팔찌다.

샨 자신의 마력이 바닥나는 순간, 이자의 마력이 몸을 잠식하게 된다.

그걸 알기에 샨은 시선을 피한다. 저 팔찌를 보고 있자니 주먹이 그의 머리를 후려칠 것 같았기 때문이다.

"팔찌는 한 번도 사용을 하지 않더군."

'시선을 읽은 건가?'

샨은 속으로 혀를 찼다. 티스도 눈치 하난 귀신같지만 이자도 만만치 않다.

"쓸 바에는 혀 깨물고 죽고 말죠."

"흠, 내 계산이 틀린 건가? 네 성격이라면 분명 죽음을 향해 달려가는 것도 빠를 거고, 그렇다면 반드시 팔찌를 쓰리라 계산했는데."

원래라면 에론 형을 구하러 갈 때 썼어야 했다. 아마 그때 샨이 이상을 선택해서 손에 피를 묻히지 않고 돌파하려 했다면 그리되었으리라. 그러나 샨은 그러진 않았다. 자신의 손에 타인의 피를 묻힐지언정 그의 도움을 받고 싶진 않았다.

생판 모르는 타인의 목숨과 평생 함께해 온 가족의 목숨, 둘 모두가 동등하다고 말할 정도로 위선자는 아니었으니까.

'거기다 크롬이 있었지.'

크롬을 만난 건 천운이었다. 그는 턱을 괴고는 삐딱하게 샨을 바라본다.

"이대로 평생 끼고 있으면 언젠가 한 번은 쓰려나?"

카이가 그를 향해 포크를 쿡 찔렀다.

"어이, 꿈도 야무지셔. 내가 성룡이 된 시점에서 그건 이미 물 건너갔거든?"

정곡이다. 그가 말했다.

"모르지. 앞으로 어떤 일이 닥칠지. 이 몸은 인내심이 많은 군주니까 기다리다 보면 한 번쯤 걸릴 날도 오지 않겠어?"

"사용한다고 해도 바로 중독되진 않을 겁니다. 제 마력 패스도 꽤 건강해졌고요."

그는 대답 없이 포크만 쪽쪽 빨았다. 아무래도 순순히 풀어 줄 생각은 없는 모양이다. 그래도 샨은 대답을 요구하는 눈으로 그를 바라보았다. 그가 말했다.

"나는 그대가 죽는 걸 원하지 않아. 나는 사려 깊은 군주니까. 죽을 바에는 내 마력이라도 쓰는 게 생존에 도움이 되지 않겠나?"

"원하는 사람이 있으면, 그때마다 그 사람들에게 모두 이런 짓을 했습니까?"

"에녹은 내가 태어났을 때는 이미 산전수전 겪은 영웅이니 팔찌를 채우는 게 불가능했고, 에론은 시도를 했다가 부하들이 족족 손목이 잘려서 돌아오기에 포기했지. 그대는 만만하니까 괜찮아."

만만한 게 죄다.

샨은 포크를 꽉 움켜쥐었다. 그는 샨에게 편지를 건넸다.

"나중에 시간 나면 읽어 봐."

"혹시 제 가족의 잘린 머리카락이나 혈흔 같은 게 들어 있습니까?"

샨의 가시 돋친 질문에 그가 웃음을 터뜨렸다.

"하하하, 그냥 이건 초대장이야. 나는 그대가 마음에 들어. 그래서 그대에게 잘 보이기 위해 노력하는 거라고. 너무 고깝게 보지 말아 줬으면 좋겠어."

무슨 초대장인지는 몰라도 그가 보낸 거면 뭐든 사양이

다. 샤은 어금니를 악물고는 초대장을 낚아챘다.

9.

닷새 후,

"어쩌다 이렇게 되었을까."

샤은 작게 한숨을 내쉬었다. 샤의 옆에는 카이가 서 있다.

"나 갖고 싶어! 전설의 건틀릿!"

샤의 눈앞에는 거대한 던전의 입구가 입을 벌리고 있었다. 곁에는 티스도 율케스도 없다. 샤과 카이, 단둘뿐이다. 그때 수풀에서 에론 형이 걸어 나왔다. 에론 형이 살짝 고개를 옆으로 젓힌다.

"너도 받은 건가? 그 초대장."

샤은 입술을 씹었다.

과거를 회상하자면 이랬다.

류인 황자와 만난 후 기숙사로 돌아오는 길에 샤은 에론 형과 마주쳤다. 무슨 말을 해야 할까 고민하는 사이, 옆에서 부하 직원이 에론 형을 불렀다.

"……."

에론 형은 샨에게 눈인사를 했다. 뭔가 대답해야 하는데 좀처럼 목소리가 나오지 않았다. 그러는 사이 에론 형은 몸을 돌려 그렇게 가 버렸다.

이튿날에도, 그 이튿날에도 수색은 계속되었다. 티스는 보충수업을 하러 가고 율케스는 자연히 샨과 보내는 시간이 많아졌다. 샨은 초대장을 바라만 볼 뿐 열어 보진 않았다.

불길해서 그랬다기보다는 열어 볼 용기가 없었다고 하는 편이 더 맞겠다. 그냥 두려웠다. 과거 그가 보낸 선물로 인해 샨은 소중한 누군가를 잃을 뻔했다.

물론 에론 형이 그렇게 된 시점에서 열든 열지 않든 결과는 같으리라. 그러나 모든 일의 시발점은 샨 자신이었다.

샨은 결코 류인 황자가 좋아질 수가 없었고, 류인 황자가 무슨 짓을 한다고 해도 그의 밑에 들어갈 생각이 없었다.

율케스가 물었다.

"얼굴 볼 생각은 없는 거냐?"

매일 아침 눈을 뜨면 에론 형의 도시락이 놓여 있다. 에론 형 성격상 일도 제대로 하면서 남는 시간에 하는 것일 테니 정성도 보통 정성이 아니다.

샨은 신록의 서 페이지를 넘기다 말고 자신의 무릎을 끌어안았다.

"난 바빠. 알다시피 이 지식들을 전부 독파하지 않으면 안 돼."

"그렇군."

율케스는 검을 손질했다. 책장을 넘기는 소리와 율케스가 검을 손질하는 소리, 그리고 카이가 침대 위를 구르는 소리가 방을 울린다.

등 뒤에서 율케스의 목소리가 들렸다.

"이렇게 돌려보내면 다음에 볼 때는 더 어색할 거다. 내가 그랬으니까."

율케스의 형 율리츠를 말하는 걸까? 적어도 둘째 형 율키르를 말하는 건 아니리라. 샨이 입술을 깨물었다.

"알아."

그때 카이가 류인 황자에게서 받은 편지를 꺼냈다.

'카이, 열지 마!' 라고 말하기도 전에 카이는 편지를 뜯었다. 그게 시작이었다. 거기에는 전설의 건틀릿이 있다는 던전의 지도가 들어 있었고, 카이는 가고 싶다고 울었으며, 샨은 들어가지는 않겠지만 입구만 확인하겠다고 말했다.

그도 그럴 것이 학교에서 말을 타고 갈 수 있는, 아니 마력을 배운 사람이라면 뛰어서도 갔다 올 수 있는 그리 멀지 않은 곳에 입구가 있었기 때문이다.

아무리 그래도 학교 근처에 고대 유적이 있었다면 샨이 모를 리가 없으니 이건 가짜일 가능성이 농후했다.

그런데도 카이는 가고 싶다 땡깡을 부렸다.

티스가 없는 상황에서 유적 때문에 이대로 샨과 율케스가 모두 자리를 비우면, 이 신록의 서와 세븐 드래곤즈 북스는 에론 형의 부하 놈들 중 하나가 찾아낼 가능성이 높았다. 율케스가 말했다.

"내가 남도록 하지."

샨은 고개를 끄덕였다. 저건 가짜일 거다.

카이한테 확인만 해 주고 곧바로 돌아오면 될 일이다.

그리고 진짜로 그 장소에 와 보니 고대 유적 입구가 떡하니 있고, 수풀에서는 에론 형이 걸어 나왔다.

에론 형이 말했다.

"작위적이군."

"……."

샨도 그 말에는 이견을 달지 않았다. 지금 상황 자체가 너무 작위적이었다. 얼마나 작위적인지 저 던전에 들어가는 순간 거대한 쥐덫이 내려와서 '짜잔! 사실 전부 함정이었습니다!' 라고 말해도 위화감이 없을 정도다.

샨이 대답했다.

"돌아갈게."

카이가 그런 샨을 붙잡았다.

"마마, 건틀릿은? 전설의 건틀릿이 들어 있다고 했잖아. 나 주먹으로 싸우면 아파."

맨주먹으로 칼날을 쳐 내던 파충류가 그렇게 말했다.

샨이 대답했다.

"아니야, 이런 건 라온 교수님에게 일단 보고하고……."

그때 에론 형이 던전 입구를 열었다. 등불 하나 없는 통로에 새카만 어둠이 드리웠다.

"내가 가도록 하지."

카이가 그런 에론 형을 따라가려고 한다. 샨이 말했다.

"형, 이건 너무……."

에론이 샨의 말을 끊었다.

"……그래, 뭔가 너무 이상하지. 요즘 황자들은 하룻밤 사이에 고대 유적을 만드는 능력이라도 생겼나 싶을 정도로."

샨은 말문이 막혔다. 그렇게 말하면서도 에론 형은 벌써 저만치 멀어졌다. 카이는 그런 에론 형을 쫓아 달려갔다.

카이는 에론 형을 별로 경계하지 않는 모양이다.

오히려 약간의 호감이 비쳐 보인다.

요 며칠 도시락 조공을 바쳤던 게 결정적이었다.

카이는 이제 인간의 입맛과 비슷해졌지만, 그만큼 미각 수준만 높아져서 어지간한 음식으로는 혀가 만족하는 법이 없었다. 그런데 에론 형이 주는 도시락만큼은 늘 카이를 즐겁게 했다.

'그래, 먹는 조공이 최고지.'

샨은 결국 두 사람을 따라 던전에 들어갔다.

10.

카이가 숨결을 불자 불꽃이 주변을 밝혔다. 에론 형이 앞서 가고 샨은 그를 쫓아 걷는 모양새다. 카이는 그 가운데에서 걷다가 샨의 옆에서 걷다가를 반복한다.

소풍 나온 것도 아닌데 즐거워 보인다.

'이런 걸 보면 몸만 컸지 꼭 옛날 카이 같은데 말이지.'

아직은 함정이라든가 고대 몬스터 같은 건 전혀 보이지 않는다. 그러다 문득 에론 형이 걸음을 멈췄다. 아무 낌새를 눈치채지 못한 샨이 어리둥절해하는데 에론 형이 말했다.

"타일의 높낮이가 다르다."

그걸 어떻게 안 걸까. 겉으로 봐서는 모두 똑같은 높이의 바닥이다. 그 미묘한 고도차를 감지하고 걸음을 멈춘다? 다른 사람이 그랬다면 '그냥 기분 탓이 아닐까?' 하고 반문하고 넘어갔으리라. 그러나 그러기에는 샨의 인생에서 에론 형이 차지했던 비중이 너무 크다.

"그래서 함정?"

"아마 잘못 밟으면 바닥이 꺼지거나 천장이 내려오거나 유독가스가 나오거나 셋 중의 하나겠지."

에론 형이 되물었다.

"카이를 변신시켜 날아가는 건?"

"카이가 너무 많이 커졌어. 이 공간에서는 날개 절반도 못 펼칠 거야."

아직 성룡이 된 후의 모습은 못 봤지만, 그 크기가 라온 교수님의 실험실을 덮을 정도라고 했다. 날개를 펼치기는 커녕 몸이 껴서 움직이는 것도 무리다.

카이가 물었다.

"함정 지대는 얼마나 길어?"

"내가 샨을 안고 점프하면 충분히 넘어갈 길이."

카이가 대답했다.

“그러니까 내가 마마를 안고 점프하면 된다는 거지?”

카이가 자연스럽게 샨을 붙잡으려고 한다. 그 순간, 에론 형이 카이의 손등을 때렸다.

찰싹!

“이게 무슨 짓이야?”

“네놈 드래곤이 신체 능력이 얼마나 강해졌는지는 모르겠지만 실수라도 해서 샨의 목숨이 위험해지면 누가 책임지지?”

그 말에 카이의 이마에 힘줄이 돋아났다. 제대로 자존심이 상했는지 카이가 발끈한 어조로 대꾸했다.

“와, 이 인간이 나에 대해 잘 모르는가 본데, 내가 아무리 이런 모습으로 변신했어도 인간 종족보다는 훨씬 뛰어난 신체 능력을 갖고 있거든요? 마마의 기억에 따르면 나는 엘프보다도 민첩할 거야.”

“실제로 보기 전까지는 믿을 수 없다.”

그 순간, 샨은 심호흡을 크게 하고는 도움닫기했다. 마치 월면을 뛰어 올라가는 토끼처럼 공중제비를 하더니, 난다고 해도 좋을 정도의 체공 거리를 지나 가볍게 건너편에 안착했다.

톡.

얼마나 가볍게 날았는지 착지 소리조차 거의 나지 않았다.

샤이 건너편에서 손을 흔들었다.

"둘이 싸우지 마. 나 이제 혼자 갈 수 있으니까."

그 말에 에론 형과 카이가 동시에 샤을 따라 함께 점프했다. 두 사람 입에서 쳇, 혀 차는 소리를 분명 들은 것 같지만 샤은 그게 바람 소리라 믿기로 했다.

갈림길이 나왔다. 이제는 꽤나 깊게 들어온 모양이다. 샤이 말했다.

"왼쪽? 오른쪽?"

에론 형이 말했다.

"왼쪽, 소리가 오른쪽에서 들리는군."

카이가 말했다.

"오른쪽, 소리가 오른쪽에서 들려."

분명 톱니바퀴와 톱니바퀴가 맞물리는 듯한 소리가 오른쪽에서 들린다. 샤이 물었다. '오른쪽에서 오는 소리는 과연 정체가 뭘까?' 라고.

두 사람이 동시에 대답했다.

"적이다."

"적일 거야."

적을 피하려는 에론 형과 적에게 다가가려 하는 카이인가. 상식적으로 봤을 때는 적을 피해 가는 게 옳은 길이다. 하지만 항상 그런 건 아니다. 두 사람은 조금 전과 같이 자기주장이 옳다며 싸우고 있으니 결국 이번에도 선택은 샨, 자신에게 달렸다. 거기다가 아까처럼 도움닫기가 필요한 것도 아니고 전투다. 이중에서 가장 전투력이 낮은 건 샨 자신 아닌가.

샨이 혀를 쯧 찼다.

"적이 있는 쪽으로 갈게."

에론 형이 물었다.

"어째서?"

"적이 나온다면 그곳이 맞는 길이라는 뜻이니까."

에론 형은 그런 샨을 한참이나 말없이 바라보았다. 그러더니 머리를 한 번 쓰다듬고는 샨이 말한 오른쪽으로 향했다.

"샨, 너는 군대 맡으면 안 되겠다."

길을 따라 나아갈수록 톱니바퀴 소리는 점점 더 커져 갔고, 이윽고 마기계 골렘들이 모습을 드러냈다. 양팔에 톱니를 달고 있는 게 겉보기에는 조악했지만, 속도는 남다르게 빨랐다.

그 모습을 보자 샨은 이마를 쓸었다.

"류인 황자가 하루아침 안에 만들었다는 설은 폐기해야겠네."

에론 형이 답했다.

"지금 인류의 기술로는 저건 못 만드니까."

카이가 웃으며 몸을 튕긴다. 기계 골렘의 머리 위에 올라타더니 맨손으로 머리를 뜯어 버리고는 핵이 되는 가슴 부분을 발로 찬다.

빠악!

그러고는 다음 골렘 위로 올라탄다. 핵이 뜯긴 기계 골렘이 폭발한다. 카이는 그 핵을 다른 골렘의 가슴에 처넣는다.

핵이 두 개가 되자 과부하가 걸리기 시작한다. 스파크를 흘리며 사지를 떠는 골렘에게서 기다렸다는 듯 핵심 태엽을 뽑아낸다.

그걸 보고 있던 에론 형이 말했다.

"움직임이 원숭이 같다고 생각했는데 이제 보니 제법 계산하면서 싸우는군. 기계 골렘에 대한 관련 지식을 공부하지 않았다면 무리일 텐데?"

샨이 답했다.

"내 지식은 카이의 지식이기도 하니까. 예전에 내가 골렘에 대해 공부한 걸 어렴풋이 기억한 거지."

"그걸 실전에 써먹는 거군."

"응."

에론은 카이의 전투 모습을 감상한다. 동선이 리오 형과 겹쳐 보이는 건 카이가 알테리온가의 무예를 기반으로 싸우기 때문일 거다. 샨의 지식을 완전히 흡수한 모양.

과거 마스터와 드래곤은 샨과 카이 같은 관계였지만 최근 들어서는 둘 사이에 선을 긋기 시작했다.

요즘은 마이어하트 가문처럼 지능이 낮지만 능력은 강한 드래곤을 선호하고, 드래곤에게도 가축 이상의 애정을 주지 않는다.

'카이를 보면 그런 시류도 무색해지는군.'

주인에 대해 완전히 알고, 주인의 기억까지 공유하는 관계라니. 보통 사람이라면 받아들이기 힘든 일이다. 자신의 부끄럽거나 어두운 기억조차도 빠짐없이 공유하는 누군가라니. 보통은 이 상황을 혐오하든가, 아니면 그런 존재에게 완전히 의존한다.

'샨은 카이에게 혐오감은 전혀 없는 건가.'

생각해 보면 샨의 인생에는 사생활이란 것 자체가 존재하지 않았다.

어릴 때부터 줄곧 아팠고, 무엇을 먹었는지 어떤 생활을 했는지 누구를 만났는지 가구는 무엇으로 교체했는지 하나하나 전부 자신에게 편지로 써 주는 사랑스러운 동생이 아니었던가. 집을 벗어난 이후에는 기숙사 공동생활을 했다. 사생활이라는 개념 자체가 없는 아이다.

'예전에 전신 마비가 왔을 때는 시종이나 가족이 대소변을 받아 줘야 했던 적도 있었지.'

그러나 부끄러움을 자각할 만한 나이도 아니었던 데다가, 애초에 그런 걸 부끄러워하기 위해서는 최소한의 사회적 개념을 배워야 하는데 그런 것도 없었다.

'역시 티 없이 맑은 내 동생이야.'

티스가 들었으면 백번은 미친놈 제스처를 취할 생각을 아무렇지도 않게 하며 에론은 검을 뽑았다.

혼자보다는 둘이 낫고, 전투는 빨리 끝낼수록 좋다.

11.

샨은 손 하나 까딱하지 않고 두 사람이 적들을 도륙하는 걸 지켜봤다.

'뭔가, 내가 쓰레기가 된 거 같아.'

차마 티스가 샨을 향해 자주 사용하는 '꽃 쓰레기' 라는 단어는 사용하지 않았다. 그건 샨의 마지막 자존심이었다. 그것마저 인정하면 세상 살기가 몹시도 싫을 것 같았다.

부수는 카이와 베는 에론 형이 잔해를 남기며 나아간다. 샨은 고민하다가 골렘이 남겨 놓은 핵을 주섬주섬 주웠다. 어디에 쓸지는 모르겠지만 귀한 마법 재료다. 라온 교수님이 몹시 좋아하리라.

'팔아도 가격이 엄청 나갈 거고. 이번에 신록의 서에서 익힌 마법 중에 마법석이 필요한 것도 있었으니까.'

핵만 깨끗하게 절단하는 에론 형과 달리 카이는 팔다리만 부수고 가는 경우가 있어서 비교적 온전한 핵을 주울 수 있다. 그때 에론 형이 샨을 한 번 돌아본다.

"……크흠."

자신의 실수를 책망이라도 하는 듯 헛기침을 하더니 이번에는 골렘의 팔다리만 자르기 시작했다.

이러려던 게 아닌데. 샨은 작게 한숨을 쉬었다. 그래도 일부러 잘라 낸 정성이 있는데 에론 형 것만 무시하고 지나가기도 그렇다.

샨은 쭈그리고 앉아 에론 형이 만들어 낸 골렘 시체(?)에서 핵을 하나하나 채집하기 시작했다. 에론 형은 그걸 보고 만족했는지 아예 샨이 뽑기 좋게 생선 가시 바르듯 핵을 발라 주는 기예를 보이기 시작했다.

그걸 카이가 목격하더니 화를 냈다.

"치사해! 그걸로 점수 딸 생각이야?"

그와 동시에 카이의 권법이 직선경에서 곡선경으로 부드럽게 이어진다. 관절기를 날려서 최대한 핵을 유지시키면서 제압하려는 모양이다. 카이가 샨을 바라보며 눈을 빛냈다.

"마마!"

만약 여기서 샨이 거부를 한다면 카이는 에론 형만 받아들이고 자기는 차별한다고 생각할 거다.

"……."

샨은 결국 카이가 만들어 낸 골렘 더미에서도 마법석을 뽑아냈다.

그걸 신호로 둘은 경쟁이라도 하듯 더 많은 골렘을 고철로 만들어 갔다. 핵만 멀쩡한 상태로.

'긴장감이 없다.'

이건 이상하다. 보통 미궁으로 내려가면 내려갈수록 점점 더 강한 적이 나오고 목숨에 위협을 받으면서 한 층, 한 층 필사적으로 내려가는 광경을 떠올린다. 그리고 실제로도 그렇다.

라온 교수님의 도서 수집부에서 구해 오는 책 중에는 던전에 내려가야만 구할 수 있는 마서도 있다. 선배들은 인권 없는 무료 인력으로서 그 책을 수집하러 내려가다가 크게 다쳐 오곤 한다. 다행히 아직 죽은 선배는 없지만 죽을 위기 직전에 귀환해서 돌아오거나, 에녹 교수님의 찬트로만 살릴 수 있는 중상을 입고 돌아오거나, 반병신이 될 뻔했는데 라온 교수님의 수상쩍은 약으로 어찌어찌 재활하거나 하는 경우는 좀 있다. 도서 수집부에서 던전이란 늘 목숨을 걸고 내려가야 하는 극한 작업이다.

학점을 미끼로 그걸 시키는 라온 교수는 악마도 '형님' 하고 손 비빌 놈이고.

'나, 난이도가 쉬운 건가?'

던전에 따라서는 쉬운 던전도 있으니까 그런 거라면 납득 가능하다.

'하지만 고대 기계 골렘은 난이도 S급 던전에나 나오는 몬스터 아니었어?'

샨은 고개를 저었다.

'아니야, 기계 골렘도 골렘 나름일 거야.'

골렘도 강한 골렘이 있는가 하면 그중에서도 약한 골렘

이 분명 있을 거다.

"한 마리 정도는 내가 처치해 볼게!"

샨은 마지막 남은 골렘을 향해 힘껏 검을 내뻗었다.

카앙!

놈은 톱니로 샨의 공격을 막았다. 검기가 실린 칼날임에도 놈의 몸에는 흠집도 나질 않는다.

'어째서?'

당황도 하기 전에 놈이 기계 팔을 움직여 샨을 공격한다. 털끝 하나라도 스쳤다가는 톱니에 말려들어 간다. 샨은 흡사 토끼처럼 적의 공격을 간발의 차이로 피한다.

카이가 말했다.

"마마! 내가 도와줄게!"

샨이 소리쳤다.

"아니야, 혼자 해 보겠어!"

이래 보여도 자신도 검을 익혔지 않은가! 이런 기계 골렘 하나 정도는 혼자 처치하지 않으면 면이 서질 않는다.

그 순간, 에론 형의 검격이 기계 팔을 부순다.

"관절이다. 샨, 네 공격은 나처럼 속도를 중시하지. 리오 형님처럼 파워형은 못 돼. 그렇다면 적의 약점을 분석하고, 파고드는 공격이 우선이지. 아니면 속도를 극한까지 올려 검풍만으로 오리하르콘을 가를 수 있을 만큼 빨라지든가."

팔 하나를 잃은 골렘이 삐걱댄다.

이래서야 어미 고양이가 새끼에게 사냥법을 가르치는 것과 다를 바 없다.

"온전한 상태에서 정정당당하게 싸우고 싶었다고, 형!"

"지금 네 실력으론 무리다. 남은 관절에 알테리온식 백참격…… 아니군, 너는 지금 엘프 검술을 쓰고 있지?"

샨의 미간이 불만으로 좁혀진다. 그러나 샨의 손은 에론 형의 말에 충실하게 검격을 날린다. 관절 부위 한 점을 향해 수십 개의 잔상이 찔러 들어간다.

퍼버버벅!

관절이 부서지자 놈의 몸이 덜렁거린다. 에론 형이 말을 이었다.

"다리 쪽은 뭣도 모르고 바퀴를 공격하기 쉬운데, 그랬다가는 회전하는 힘에 칼날만 튕겨 나간다. 바퀴와 상체를 잇는 지지 축을 공격해. 네 실력이라면 베지는 못해도 부수는 건 가능하니까."

퍼걱!

지시대로 충실히 움직이는 샨을 바라보며 에론 형은 만족스러운 듯 고개를 끄덕였다.

“확실히 기초는 탄탄하군. 에녹 교수가 잘 가르쳤어.”

이게 아니다. 진짜로 하고 싶었던 건 이런 게 아니야. 본래 실전이란 스승 없이 해야 실전 아닌가. 맨몸으로 적을 상대하고, 그에 대한 시행착오를 바탕 삼아 깨달음으로 향해 가는 머나먼 여정 아니던가.

“밥 먹자.”

에론은 가방에서 꺼낸 핑크색 체크무늬의 피크닉 돗자리를 폈다. 공간 마법이 걸려 있는 가방에서는 샨이 매일 보는 것과 같은 30첩 도시락이 튀어나왔다.

“혹시나 해서 넉넉하게 준비해 왔는데 마침 잘됐군.”

도시락 뚜껑을 여니 보존 마법이 풀리며 닭다리 모양 새우튀김이 튀어나왔다.

“애피타이저 먹을 여유는 없으니 고칼로리로만 준비했다.”

그 아래에서는 피자치즈와 크림, 마카로니와 옥수수를 넣고 오븐에서 구운 맥앤치즈가 나왔다. 아주 기다렸다는 듯 고칼로리 음식을 척척 내려놓는 모습을 보며 샨은 생각했다.

‘형은 혹시 나를 살찌워서 잡아먹으려는 게 아닐까.’

과자 집에 남매를 가둔 어느 마녀의 이야기가 떠올랐다. 거기서는 마녀 눈이 안 좋아서 칠면조 뼈로 살이 안 찐 척 속였다던데, 에론 형은 눈도 좋다.

"먹어라."

옆을 보니 카이는 이미 도시락에 머리를 박고 있다. 음식 줄어드는 속도가 무시무시하다.

샨은 마지못해 맥앤치즈를 한 스푼 떴다. 보존 마법이 걸려 있던 맥앤치즈는 갓 데운 듯 치즈가 길게 이어졌다. 치즈 사이로 부드러운 크림이 흘러내린다.

'지젤은 절대로 못 먹을 음식이네.'

살찌는 소리가 여기까지 들린다. 그 아래로 각종 과일과 벌꿀, 바비큐 소스를 넣고 푹 삶은 폭립과 파인애플과 오렌지를 넣고 볶은 볶음밥이 보인다.

'엄청나네…….'

이걸 다 해치울 때까지는 일어나지 못하리라. 카이의 지원을 믿는 수밖에 없다.

'그리고 진지하게 엘의 이야기를 해야겠다.'

더 어색해질지도 모른다. 더 싸울지도 모른다. 그러나 해야 했다. 지금의 형이라면 들어 주리라 믿으니까.

Chapter 3

세계의 문

1.

“그 계획은 여전히 진행 중이야?”

샤의 질문에 에론 형은 고개를 끄덕였다.

“변한 건 없다. 너야말로 대안은?”

“찾고 있어.”

그 말을 끝으로 정적이 이어진다. 침묵 속에서 카이는 물엿을 씌워 굳힌 딸기를 와작와작 먹었다.

“만약 내가 방법을 찾는다면…….”

에론 형이 딱 잘라 대답했다.

“안 돼.”

"왜?"

"이제 와서 찾아낸 방법이 얼마나 위험한지, 어디까지 믿을 수 있을지 어떻게 검증하지?"

"검증이 안 된 건 에론 형 쪽도 마찬가지잖아."

"대륙 최고 마법사들이 백여 년이 넘게 혼을 부어 연구해 왔다. 그걸 무시할 셈인가."

그때 카이가 불쑥 끼어들었다.

"그러면 에론은 마마가 찾아낸 방법을 의심하는 거야?"

"조금이라도 실수하면 끝이다. 거기에 샨의 목숨을 가지고 도박할 순 없어."

대화는 평행선을 그리며 나아간다. 어차피 한두 마디 말로 해결될 만한 일은 아니라고 생각했다. 샨은 아쉬움을 삼키며 결국 입을 다물었다.

셋은 자리를 정리하고는 몸을 일으켰다. 갈 길이 멀다.

2.

골렘을 격파하고, 함정이 나오면 함정을 부쉈다.

이번에는 샨 역시 전투에 참여했다.

인간 모습인 카이와 함께 싸우는 건 처음이다. 그러나 마치 오래전부터 손을 맞춰 본 사람처럼 유기적으로 빈틈없이 움직였다. 카이의 거대한 덩치가 주먹을 날리면 어깨 너머로 샨이 날아와 2차 타격을 먹인다.

스카악!

어떻게 하면 오리하르콘 합금을 벨 수 있을까? 지금은 약점을 여러 번 공격해서 부수는 방법밖에는 모른다. 에론 형 말로는 음속을 뛰어 넘는 검기를 쓰게 되면 검풍만으로도 벨 수 있다고 했다. 그러나 그건 지금의 샨에게는 무리다.

카이가 말했다.

"마마만이 가지고 있는 게 있잖아. 사물의 약점을 볼 수 있는 눈이 있어."

"그건 어디까지나 무생물에게만 통해. 거기다 기계 골렘처럼 빠르게 움직이는 사물을 보는 건 난이도가 높아."

"그래도 그게 음속의 검기를 내는 것보다는 쉽잖아."

달은 물과 죽음, 그리고 통찰을 뜻한다. 샨이 있는 블루타워의 마법들과도 인연이 깊었다. 과거 샨은 그녀들의 변덕 덕분에 사물의 본질을 통찰하는 눈을 얻었다.

카이의 말이 옳다. 샨은 왼쪽 눈에 마력을 집중했다. 망막에 달이 떠오른다. 기계 골렘 위로 황금색 점이 보였다.

집중이 흐트러지는 순간 점은 곧바로 흩어진다.

현재 실력으로는 계속 골렘에게만 집중할 바에야 빠르게 달의 눈을 켠 다음 그 위치를 기억하고 그 점에 검을 찔러 넣는 게 합리적이리라.

그 순간, 골렘의 톱날이 샨의 목젖을 향해 깊숙이 날아왔다. 카이가 기다렸다는 듯 주먹으로 옆면을 쳐서 흘려보낸다. 그 틈에 샨은 골렘의 팔 아래쪽을 찌른다.

카앙!

부서졌다. 카이가 휘파람을 불었다.

"한 번에 성공했네?"

샨이 말했다.

"어지럽긴 해도, 익숙해지는 쪽으로 노력해 봐야겠어."

에론은 그런 샨과 카이를 슬쩍 바라보더니 묵묵히 검을 휘둘렀다. 샨은 삼형제들과는 다른 방식으로 강해지고 있다.

물론 빈말이라도 그 속도가 빠르다고는 할 수 없다. 이미 샨은 이론을 모두 깨우친 상태고, 그 와중에도 분투하고 있으니까. 그러나 이건 어디까지나 알테리온 가문의 기준이지 일반인의 기준으로 봤을 때는 충분히 빠른 편이다.

'무엇보다 서포트가 어마어마하군.'

카이가 공격 하나하나마다 샨을 배려해서 움직이고 있

다. 최대한 제 주인이 공격하기 좋은 각도로 적을 후려치고, 방어한다.

같은 적을 공격한다면 동선 하나 정도는 겹칠 법도 한데 그러는 법이 없다. 명공이 만든 시계 톱니바퀴가 맞물리듯 일 분 일 초라도 허투루 쓰지 않는다.

무엇보다 놀라운 점은 그걸 힘든 기색 없이 웃는 낯으로 하고 있다는 거다.

'보통의 드래곤도 그런가?'

모르겠다. 애초부터 드래곤 마스터가 그리 많지도 않은데다, 전쟁에서는 보통 용의 모습으로 싸우지 인간의 모습으로 돌아와 일대일로 싸우는 경우는 흔치 않다.

'생각해 보면 드래곤 마스터 중에서 샨만큼 무예에 대해 잘 아는 이도 드물지.'

샨은 늘 앉아 있거나 누워 있어야 했다. 그 시간 내내 형들이 수련하는 걸 보거나 알테리온 가문의 책들을 읽곤 했으니 아마 크롬 마이어하트도 샨만큼 무예에 대해 잘 알지는 못하리라.

샨은 검을 들고 세로로 그었다.

츠칵!

찌르기뿐만 아니라 베기도 숙달한 모양이다. 점을 벤다.

샨의 머릿속은 검이 잠식하기 시작한다. 집중은 점에서 선으로 퍼져 나간다. 그리고 새카만 깨달음의 지평으로 안내하기 시작했다. 무아지경.

샨은 다음 단계로 넘어갈 준비가 되었다. 카이는 그런 샨을 방해하지 않고 샨의 움직임에 맞춰 춤을 추듯 함께한다.

샨에게 말을 걸지도 않고, 공격에 대한 조언이나 투덜거림도 없다.

에론은 알테리온 소드를 뻗어 발도만으로 베어 버렸다.

원래라면 칼 두 개를 쓰는 게 그의 주특기건만, 알테리온 소드와 균형이 맞는 검이 없다. 반드시라고 해도 좋을 정도로 무게중심이 엇나간다. 한쪽 칼이 무겁거나, 아니면 너무 가볍거나.

마치 알테리온 소드가 살아 있어서 자신의 파트너가 될 검을 고르는 느낌이다. 어느 쪽이든 지금까지는 아무것도 선택하지 않았다.

'그러고 보니 크롬 마이어하트가 들고 있던 검을 챙겨올 걸 그랬군.'

당시 샨을 기절시키고 안전한 곳으로 대피시키느라 거기까지는 할 여유는 없었지만 두고두고 아쉽다.

그거라면 알테리온 소드와 좋은 한 쌍을 이룰 것 같았기 때문이다.

베고 찌르고 격파한다.

늘 어지럽다 느꼈던 달의 통찰도, 이제는 점점 더 익숙해지기 시작했다. 카이의 마력이 샨의 몸을 타고 맥동한다. 물질의 본질을 파악하는 힘이 샨의 시야를 지배한다.

에론이 생각했다.

'물건 하나는 천하제일로 잘 부수겠군.'

달은 통찰을 할 뿐이지 죽이지는 않는다. 이 세상 모든 어머니들의 어머니이기에, 그 어머니들이 보우하는 자들이기에. 그렇기에 달의 힘만으로는 적의 급소를 알 수 없다.

'갑옷은 잘 파괴하려나.'

생각해 보니 어차피 검기가 있기 때문에 갑옷 파괴는 아무 의미가 없다. 결론은 이런 기계 골렘 상대가 아니면 쓸 일이 없는 능력이다. 그러거나 말거나 샨은 적들을 처리하고 뭔가 깨달음을 얻었는지 그 자리에 서서 눈을 감았다.

오늘 배운 것을 빠르게 정리하려는 모양이다. 그동안 카이가 샨의 곁을 지켰다.

얼마나 지났을까. 샨이 눈을 떴을 때는 앞에 에론 형이

서 있었다.

“내려가자. 이 아래가 최하층이다.”

“벌써? 우리 몇 층이나 내려온 거지?”

“지하 9층.”

길이 얽히고설킨 곳이다 보니 방향감각을 완전히 잃어버렸다. 에론 형은 발걸음을 내디뎠다. 샨은 그런 에론 형을 따라 천천히 걸어 내려갔다. 드디어 길고 긴 여정이 끝난다.

3.

던전의 끝은 어떤 모습일까?

모험가들의 책에는 수없이 많은 이야기들이 들어 있었다. 어떤 경우에는 고대 유적이 발견되기도 하고, 또 어떤 경우에는 보물이 숨어 있기도 했다.

어찌 되었든 반드시라고 해도 좋을 정도로 유적을 지키는 최종 보스가 있었는데, 보통 동료들의 절반이 그 보스에게 당해 두 번 다시 돌아올 수 없는 강을 건너곤 한다.

복도 끝에는 거대한 문이 있었다.

역시나 문은 잠겨 있다. 보통은 이쯤에서 도둑이 나서서 자물쇠를 해제하지만 이 일행 중에서는 누구도 자물쇠 여는 법을 모른다. 샨의 왼쪽 망막에 달이 뜬다. 그와 동시에 샨이 검을 뽑았다.

서컹!

문이 잘려 나간다. 에론이 말했다.

"물건을 부수는 건 한 차원 높은 경지에 다다랐구나."

"응, 전투에 도움이 될 거야."

"적을 처치하는 데는 별 도움이 되지 않겠지. 누군가를 벨 수 없는 검은 어차피 애들 장난이라고 말했을 텐데?"

정곡이다. 그 말에 샨의 얼굴이 빨개지며 말을 더듬는다.

"그, 그래도 이 능력을 잘 갈고 닦으면 다른 사람의 칼을 부술 수는 있을 거야."

"그래. 그걸로 해결되길 바라야지."

말이 비수가 되어 가슴을 찌른다. 애초에 칭찬을 바란 건 아니었지만 그래도 이렇게까지 비아냥거릴 줄은 몰랐다. 에론 형이 말을 이었다.

"샨, 나는 네가 검을 쓰는 게 탐탁지 않다. 누군가를 위해 네 목숨을 던지는 게 싫어."

"……."

왜일까? 고작 한 발자국 거리인데 어쩐지 에론 형이 훨씬 멀게 느껴진다.

무너진 문 너머로 에론이 걸어 들어간다. 그곳에는 거대한 기계 골렘이 몸을 웅크리고 있었다. 그동안 상대했던 것보다 열 배는 더 큰 놈이다. 그놈이 먼저 들어온 에론 형을 향해 주먹을 날린다. 에론 형은 그 주먹을 가볍게 피한다.

콰앙!

골렘의 주먹이 꽂힌 곳이 가루가 되어 사라진다.

그러나 에론은 이 와중에도 두려워하는 기색을 내비치지 않는다. 그저 담담하게 검을 뽑는다.

발도, 에론 알테리온식. 천살검(千殺劍)!

칼을 천 번 내리치는 것과 같은 힘을 단 한 번의 일격에 담는다. 에론의 기예가 알테리온 소드를 만나 빛을 뿜었다. 눈부신 검기가 세상을 사선으로 그었다.

크가가가각!

4.

같은 시간, 샨의 아버지는 천천히 눈을 떴다. 방금, 아내가 돌아누운 것 같은 기분이 들었다. 무엇이었을까?

자신에게서 소중한 끈 하나가 잘려 나간 기분이 들었다. 허전한 허리춤을 만져 보다 술잔을 내려다보았다.

그녀의 무덤은 오늘도 무사하다. 그 역시도 무사했다. 그러나 무엇인가가 잘려 나간 듯 아쉬운 이 허전함의 정체를 알 수 없었다.

한참을, 한참을 술잔을 바라보다 이윽고 깨달았는지 그가 말했다.

"너였구나. 그래, 세대가 세대를 넘어가는구나. 그게 바로 알테리온의 의지인 것인가."

그는 술을 한 번에 털어 넣었다.

"물건, 그래 봐야 한낱 물건인 것을."

5.

처음 잘린 것은 소리.

에론 알테리온의 검이 미끄러져 날아간 곳에서 소리가, 공기의 흐름이 완연하게 잘려 나갔다. 그 다음 잘린 것은 공간. 검기가 날아간 곳에서는 빛조차 단절된다. 시야가 절반으로 갈린 것 같은 기묘한 감각을 느꼈다.

마지막으로 잘린 것은 적.

대형 기계 골렘은 공간감도 없이 사선으로 잘려 나갔다. 에론 형은 검을 다시 검집에 집어넣었다.

샨이 중얼거렸다.

"이게 알테리온 소드."

"환상을 베는 검이지. 큰 형님은 이 검의 진가를 잘 모르더군. 아니, 강한 힘으로 누구도 죽이지 않고 제압하겠다는 무른 마음 때문이었겠지만."

최고의 검과 최고의 검객이 만나면 어떤 일격이 나가는지 샨은 톡톡히 보았다. 카이가 말했다.

"검이 기뻐하고 있어. 마음껏 날뛸 수 있다고 즐거워하고 있어."

샨이 카이를 바라보았다.

"검이 하는 생각을 알 수 있어?"

"마마가 가지고 있을 때 알테리온 소드는 줄곧 자고 있었어. 나 아주 어릴 때, 마마의 아버지가 들고 있을 때도 검은 자고 있었어. 지금은 인류의 위기에 깨어나 자신의 일을 하고 있어."

"자신의 일?"

"검은 나와 같아. 인간의 선악을 몰라. 아니, 나보다도 더 순수해. 그저 주인을 도와서 무언가를 베고, 적을 무찌르며 인류를 구하길 갈망하고 있어."

샨이 작게 한숨을 내쉬었다.

"대체 우리 선조님은 뭘 만든 건지."

에론 형이 거대 골렘의 잔해 속으로 들어가 무언가를 주섬주섬 찾았다. 그러고는 샨을 향해 던졌다. 대형 골렘의 마력 핵이다.

"수천 년 동안 이 거대한 골렘을 지탱시킨 핵이다. 분명 대단한 걸 만들 수 있을 거야."

"그거야 그렇겠지만 형, 일부러 마력 핵은 비켜서 벤 거야? 그럼에도 급소에 타격은 줄 수 있게?"

"마력 핵 주변의 핵심 케이블만 잘라도 놈은 움직일 수 없으니까."

"사막에서 바늘 찾기일 텐데? 차라리 핵을 부수는 게 몇 배는 쉽잖아!"

"그렇지. 하지만 그럴 가치가 있으니까."

투명한 마력 핵 안에서 빛이 밀려왔다. 지금 기술로는 이걸 재현할 수 없다.

이걸 팔면 작은 성 한 채는 거뜬히 살 수 있을 거고, 사용한다면 못해도 7클래스급 최상급 마법을 구현할 수 있다. 샨은 솔직하게 감사를 표했다.

"형, 고마워. 이런 걸 주다니, 어떻게 보답해야 할지 모르겠어."

에론은 샨의 머리를 쓰다듬었다.

"보답은 필요 없단다. 가족이잖니."

카이는 골렘 뒤에 있는 보물 창고 문으로 향했다. 카이의 눈이 반짝반짝 빛났다.

"여기에 정말로 전설의 건틀릿이 있는 걸까?"

샨은 머리를 긁적였다.

"솔직히 난 아직도 류인 황자를 못 믿겠어. 저 뒤에 진짜 보물이 있을까? 엄청난 함정일 수도 있잖아."

에론 형도 동의했다.

"그 말엔 이견이 없구나. 아우야."

샨은 검을 뽑아 마지막 문을 베어 냈다. 작은 방이었다. 천장에서 빛이 들어오고 있었다. 기이했다. 여기는 깊고 깊은 지하인데 어떻게 빛이 들어오고 있는 걸까.

빛은 스포트라이트처럼 방 가운데를 비췄다. 그곳에는 장갑 한 쌍이 그럴듯하게 전시되어 있었다. 그리고 그 뒤로 고대 보물들이 놓여 있었다. 카이가 곧장 건틀릿으로 달려가려 하자 샨이 막았다.

"함정이 있을 수도 있어."

"아냐, 없어. 위험한 느낌이 안 드는걸."

샨은 왼쪽 눈을 발동시킨다. 함정이나 기계 장치 같은 건 보이지 않는다.

"마마, 어지러운 건?"

"괜찮아. 훨씬 익숙해진 거 같아. 네 말대로 건틀릿에는 함정이 없어 보인다. 한번 가 봐."

카이는 달려가서 건틀릿을 뽑아 손에 꼈다. 그러자 건틀릿이 스스로 카이의 손 크기에 맞게 조절된다. 마치 붕대를 감은 것처럼 부드러우면서도 촘촘하게 사용자의 손을 감싸는 형태다. 카이는 장난삼아 주먹을 내뻗는다.

파앙!

바람이 구가 되어 치솟는다. 원래부터 진공격(眞空擊)을 썼지만 이 정도는 아니었다.

"마마, 이거 바람 속성 마법이 걸려 있나 봐."

라온 교수님께 보여 드린다면 더 자세히 알 수 있으려나.

"저주 같은 건 안 걸려 있어?"

카이가 장갑을 벗어서 보여 주었다.

"일단 입고 벗는 건 상관없어 보여."

진짜 보물이라는 걸까. 샨은 생각에 잠긴다. 그때 문득 뒤쪽에서 걸음 소리가 울렸다. 샨과 에론이 뒤를 돌아보았다. 단지 카이만이 건틀릿에 열중하고 있었다.

"예상대로 엄청난 속도네."

류인 황자가 서 있었다. 에론 형이 검을 뽑으려고 하자 샨이 그런 에론 형의 손을 막는다. 그리고 그 대신 달의 눈을 발동시킨다.

"진짜 류인 황자가 아니야. 지난번에 봤던 환영 마법이야."

카이가 힐끗 샨을 돌아보더니 말했다.

"마마, 평소에도 진작 좀 쓰지 그랬어."

"쓸 때마다 멀미가 났는걸. 지금이야 조금은 성장한 덕분에 나아졌지만."

류인 황자가 말했다.

"드래곤의 성장이 주인에게도 영향을 끼친다고 하던데 진짜인 모양이네. 샨, 너도 빠르게 성장하고 있어. 하긴, 그렇지. 고대 신룡의 마스터인데 예전처럼 어리버리하게 살 수만은 없잖아?"

에론이 검에서 손을 뗐다.

"무슨 일이십니까. 류인 황자."

"그래도 황족인데 예를 갖추는 게 어때?"

“이런 환영 쪼가리가 아닌 존체께서 직접 오신다면 그때 하도록 하지요.”

그 말에 류인 황자가 검지를 들어 스스로의 입술을 눌렀다.

“그러면 너는 날 죽일 거잖아. 샨이 조금이라도 눈을 돌리면 나부터 썰어 버릴걸?”

“오해이십니다. 제국에 대한 저의 충성심은 황제 폐하께서도 잘 알고 계십니다.”

“충성심과 개인적인 원한은 별개지. 충성을 바쳐야 할 황자이기 이전에 네 아우의 손목에 그딴 짓을 해 놓은 버러지 같은 새끼라고 생각하고 있지 않아? 에론 알테리온.”

류인 황자는 뭐가 그리 즐거운지 웃음을 터뜨린다. 에론은 담담하게 고개를 숙였다.

“전혀 아닙니다.”

그리 좋은 분위기는 아니다. 거기다가 어차피 본모습도 아닌 환영. 세 사람이 대치한 가운데 카이가 직구를 던졌다.

“너 왜 왔어?”

“던전도 격파해 줬으니 좋은 걸 가르쳐 주려고.”

“널 위해 격파한 거 아냐. 내 무기를 가지러 왔지.”

숫제 맡겨 놓은 물건 가지러 온 사람처럼 뻔뻔하다. 샨은 뺨을 긁적였다. 류인 황자가 고개를 끄덕인다.

"그래, 네 물건 맞지 뭐."

그리 말하더니 구석의 벽돌을 손으로 가리켰다.

"이걸 눌러 봐."

눈을 발동시키니 뒤쪽에 감춰진 기계 장치가 어렴풋이 보였다. 샨이 물었다.

"뭐죠?"

"좋은 거."

그가 장난스럽게 웃었다. 샨이 누르지 않고 서 있자 카이가 몸을 일으켰다.

"그래, 뭐. 내 장갑 어디에 있는지 가르쳐 준 보답으로 이거 하나 정도는 눌러 줄게."

카이는 그리 말하고는 벽돌을 눌렀다. 그러자 기계음이 울리면서 벽 전체가 뒤로 밀려 나갔다. 새카만 복도가 모습을 드러낸다. 그 끝에는 문이 있었다. 샨이 물었다.

"이게 뭐죠?"

"에론 알테리온, 당신이 오랫동안 찾았던 것. 엘의 육신이 있는 곳이다."

에론 형이 검을 뽑아들었다. 알테리온 소드가 귀광을 뿜어낸다. 방금 거대 고렘을 일격에 눕혔던 기술이 발현되었다.

츠카카캉!

공간 자체를 절단하는 일격에도 문은 흠집조차 나지 않는다.

샨의 눈이 커진다. 왼쪽 눈을 발동하고 보았으나 문 어디에도 약점 같은 건 보이지 않았다. 부술 수 없는 형태라니, 이런 건 처음 보았다.

"물론 지금은 열리지 않아. 다른 던전의 수호자들도 무찔러야 하지. 이상하지 않아? '왜 학교 근처에, 그것도 이제야 던전이 발견되는 걸까…….' 하고."

"무슨 말을 하고 싶으신 겁니까?"

샨이 그를 돌아본다.

"이 학교가 고대 유적 위에 새로 지어진 형태라는 건 알고 있겠지."

"네."

"그리고 고대 유적 하면 던전의 다른 말이라는 것도 알고 있겠네."

에론이 턱을 문지르더니 이윽고 결론을 도출했다.

"학교 자체가 거대한 던전이라면 이 던전의 끝에는 엘의 육신이 있겠군. 그리고 그러기 위해서는 이 학교 주변에 나타날 크고 작은 던전들을 모두 격파해야 한다는 건가."

류인 황자가 손가락을 흔들었다.

"빙고. 세계가 무너지기 시작함에 따라 던전 입구를 감추고 있던 결계들도 모습을 드러내고 있지. 그래, 샨. 종말이 다가오고 있어. 이렇게 따뜻한 햇볕 속에서도 말이야."

샨은 눈을 가늘게 뜨고 그를 바라보았다.

"왜 이걸 가르쳐 주는 겁니까?"

"네 마음을 얻기 위해서."

"거짓말."

샨의 말에 그가 웃었다.

"물론 그게 전부는 아니야. 함께 던전을 공략하자는 거지. 자세히 말할 순 없지만 던전의 유물을 많이 수집한 사람일수록 엘을 만날 확률이 높거든. 너도 네 의견을 관철시키고 싶을 거 아니야. 에론이나 내 방식과는 다른 방법으로. 우릴 방해하고도 싶을 거고."

"……."

"네 친구들은 강하고, 네 용도 강하지. 물론 가장 약한 건 샨, 너 자신이지만 그 정도는 어떻게든 근성으로 이겨 내 봐."

그렇게 말하더니 그의 모습이 빛의 물방울이 되어 흩어졌다. 사라지는 그를 바라보며 샨이 중얼거렸다.

"수상해."

에론도 덧붙여 말했다.

"작위적이군."

카이가 말했다.

"마마, 어디까지가 진실이고 어디까지가 거짓이라고 생각해?"

그렇게 말하더니 몸 풀기용으로 가볍게 주먹을 날린다. 엄청난 위력의 권풍이 유적 귀퉁이를 부순다.

"그만해. 천장 무너지겠다."

샨은 카이를 말리고는 작게 한숨을 쉬며 한마디 덧붙였다.

"일단 그 장갑, 라온 교수님께 보여 드리자."

6.

라온 교수님께 장갑을 보여 드리니 눈을 엄청나게 빛냈다.

"오오! 샨 군 그거, 이제는 없어진 마기구 제작 기술인데! 어서, 어서 이리 줘요!"

그가 눈을 빛내며 손을 뻗자 카이가 놀라며 장갑을 등

뒤로 숨긴다.

"보여 준다고 했지, 아예 준다고는 안 했어."

샨이 그런 카이를 향해 손을 내밀었다.

"조사를 해 봐야 하잖아. 이리 줘. 곧 돌려줄게."

"싫어. 저 인간이라면 조사한답시고 해체하다가 못 쓰게 만들 가능성이 99%야."

성룡이 되니 머리가 너무 커졌다. 옛날이었으면 고분고분 줬을 것을 지금은 절대로 호락호락하지가 않다. 샨이 카이 들으란 듯이 큰 소리로 교수님에게 물었다.

"조사만 하고, 망가뜨리는 거 없이 똑바로 돌려줄 거죠?"

"그럼요~ 저를 뭐로 보고 그러시나요. 흠집 하나 안 내고 제대로 돌려드리겠습니다. 제 신용은 에녹 교수님이 보장하죠. 에헴!"

"……."

"……."

샨과 카이는 말없이 그를 한참 바라보았다. 이윽고 샨은 카이에게 말했다.

"적어도 위험한 물건인지 아닌지라도 알아야 하잖아? 줘 봐."

"마마는 저 말 듣고 주고 싶겠어? 저 말이 믿어지냐고!"

역효과다. 카이도 샨도 그간 라온 교수님의 전적을 너무 많이 봐 오지 않았나. 라온 교수님이 카이를 향해 양손을 촉수처럼 꿈틀거렸다.

"카이 군, 고대의 저주란 건 무섭습니다. 당장 아무런 위험이 느껴지지 않는다고 해도, 불이라든가 물속에 담갔을 때 발동되는 저주도 있고, 또 처음에는 무색무취라 느낄 수 없지만 오랫동안 서서히 스며드는 독 같은 종류도 있어요."

카이가 그런 라온 교수님의 손을 휘휘 피한다.

"나는 드래곤이라 독 안 걸려."

"저주는요? 드래곤도 저주는 걸립니다."

이리저리 피하는 카이에게 라온 교수는 결사의 각오로 끈질기게 달라붙는다.

"저는 순수하게 카이 군을 걱정해서 이 건틀릿을 조사하겠다는 겁니다. 하앍하앍!"

"꺼, 꺼져!"

마침내 라온 교수님은 카이의 손목을 붙잡는 데 성공한다. 카이가 뿌리치려 하자 그가 다급하게 말했다.

"조사하는 동안 곁에서 저를 감시하면 되잖아요! 그러면 안심이잖아요."

카이가 샨을 돌아본다.

"그러면 마마는?"

샨이 손을 척 들어 카이를 막는다.

"오늘 너무 피곤하다, 카이야. 돌아가서 자고 싶어."

카이가 망설이는 사이 라온 교수가 카이의 손에서 건틀릿을 벗겼다.

"으아아앗!"

휘파람을 부르며 달려가는 라온 교수를 카이가 비명을 지르며 쫓아간다. 그 사이 샨은 밖으로 나왔다. 지독하게 피곤한 하루다.

기숙사에 돌아오니 율케스와 티스가 팔씨름을 하고 있었다.

"왔냐?"

"응. 너희는 뭐해?"

"누가 더 센지 팔씨름하고 있어."

샨이 다시 물었다.

"율케스가 더 강하지 않아? 율케스는 일단 절반은 인간이 아니잖아."

그 말에 티스가 반박했다.

"오, 친구여! 정확히 말하면 율케스는 절반이 아니라 전체가 인간이 아니지. 그리고 나도 이제 꽤 강해졌다네. 호락호락 당하지 않지."

율케스는 아마 순수한 힘으로만 보면 에론 형이랑 팔씨름을 해도 이길 텐데. 샨은 그런 생각이 들었지만 입을 다물었다. 그렇게까지 하겠다는 친구를 말릴 생각은 없었다. 고작해야 팔씨름. 누구도 다치지도 죽지도 않을 팔씨름.

"아, 맞다. 나 오늘 류인 황자 만났어. 엄청난 이야기를 들었는데……."

"……들었는데?"

샨은 눈꺼풀을 느리게 깜빡이길 반복하더니 결국 옷도 벗지 않고 침대에 누웠다.

"……졸려. 내일 이야기하자."

그 말을 끝으로 샨은 기절하듯 잠이 들었다. 둘은 그런 샨을 한 번 바라보더니 다시 서로를 노려보았다. 그러고는 티스가 고함을 지르며 팔에 힘을 주었다.

"으롸롸롸롸롸!"

"……."

율케스는 표정 변화도 없이 그런 티스를 빤히 바라보았다.

7.

꿈을 꾸었다. 팔에서 나무가 자라는 꿈이었다. 아프지는 않았다. 하지만 나무가 몹시도 무거웠다. 나무는 가지를 뻗고, 열매가 생겼다. 어디선가 새가 날아와 그 열매를 쪼아 먹었다. 그러고는 그 자리에 둥지를 틀었다. 새가 알을 낳고 그 알에서 새로운 아기 새가 태어났다.

고양이가 오더니 아기 새 한 마리를 물고는 나무 높은 곳까지 뛰어올랐다. 고양이가 새 한 마리를 다 잡아먹는 동안 샨은 나무와, 새와, 고양이를 지탱해야 했다.

이윽고 고양이가 새끼를 낳았다. 그리고 그 새끼들은 또 다른 새끼를 낳았다. 벌레가 날아왔다. 나무가 계속해서 자랐다.

더 많은 생물들이 나무에 올라탔다. 샨 위로 올라탔다.

결국 샨은 지탱하지 못하고 쓰러졌다. 나무는 그런 샨을 양분 삼아 계속해서 자라났다. 더 많은 생물들이 나무에서 살았다.

이쯤 되면 슬슬 죽겠구나 싶었는데 죽지는 않았다. 나무는 팔에서 자라나 샨의 배에 뿌리를 뻗고, 온몸을 잠식한다. 더 많이 매달리는 생명체들을 보며 샨은 생각했다.

'아, 이게 엘의 느낌이겠구나.'

꿈에서 깰 때까지 샨은 죽지 않았다. 깨기 직전, 마지막에 누군지 모를 사람의 눈동자가 자신을 내려다보았다. 깊은 우물빛의 눈동자였다.

8.

눈을 뜨니 테이블이 처참하게 부서져 있었다. 누가 이겼는지는 알 수 없지만 둘 다 바닥에 누워 잠이 들었다.

티스의 팔은 골절이라도 생긴 건지 통통 부어 있다.

"그런데도 잠이 와? 아파 죽는 게 아니라?"

기가 막혀 헛웃음이 나왔다. 대체 간밤에 무슨 팔씨름을 한 걸까. 방 안에는 땀 냄새와 비릿한 피 냄새가 가득하다.

블루 타워의 환풍 마법은 우수하다. 그런데도 이런 냄새가 난다는 건 장난 아니었다는 거다. 티스의 뺨을 보니 부은 자국도 있다. 딱 율케스 주먹 크기로 부었다. 마찬가지로 자고 있는 율케스를 보니 율케스 이놈은 이미 멀쩡하다.

'뭐, 반쯤 인간이 아니니까.'

티스는 전부 인간이 아니라고 했지만 샨은 그 말을 부정한다. 비록 율케스의 몸은 인간이 아닐지라도 마음은 사람의 그것이니까. 그러니까 절반은 사람이다. 그리고 절반이라도 사람이라면 그 사람은 사람이다. 그렇지 않으면 류인 황자가 그렇게 대했던 호문클루스들과 똑같아진다.

그녀들은 인간일까? 인간이 아닐까.

팔다리가 날아가도 주저하는 기색도 없이 검을 다시 들었다. 하지만 고통만은 진짜였다.

카이가 말했다. 그들은 사람의 마음을 가지고 있다고. 하지만 그렇다면 그녀들을 망설임 없이 죽인 카이를 뭐라고 표현해야 할까.

샨은 구급상자를 꺼낸 후, 티스의 팔을 붙잡았다. 티스가 신음하며 눈을 떴다.

"크으…… 샨, 이제 일어났냐? 그 난리 통에도 잠만 잘 자더만."

"너야말로 이 상처로 대체 어떻게 잠든 거야. 그냥 기절한 거 아니야?"

티스가 멀쩡한 다른 손으로 브이 자를 그렸다.

"그래도 내가…… 이겼다."

"뭔가 엄청 치사한 수를 썼겠지."

"원래 사나이는 목적을 이루는 데…… 아, 아파! 살

살…… 목적을 이루는 데 수단과 방법을 가리면 안 돼.”

샨은 진통제를 꺼내려다 도로 내려놓았다. 티스는 진통제를 싫어한다. 대신에 간이 부목을 꺼낸다.

“그게 설령 고작 팔씨름이라도 말이지?”

“당연하지.”

“하아, 한심한 이 친구야.”

그 말에 티스의 눈썹이 꿈틀거린다.

“어째 내 말투 따라하는 기술이 날로 늘고 있다?”

샨이 대답했다.

“그래, 애기야.”

그러고는 티스의 부러져 어긋난 뼈를 한 번에 우드득 맞춘다.

“으아아악!”

티스가 비명을 지르거나 말거나 마법 약으로 처치를 하고는 부목으로 둘둘 감는다. 그 후 신성 찬트를 불러 부기를 뺀다. 마지막으로 갈색 알약을 꺼내 티스의 입에 가져다 댄다.

“먹어.”

“진통제 아니지?”

“라온 교수님이 가르쳐 준 약이야. 내가 조합했어. 골절에는 즉효래."

"왠지 교과서에는 안 나올 수상한 약인데. 냄새도 이상하고……."

그러거나 말거나 샨은 티스의 입에 약을 쑤셔 넣는다. 티스가 괴성을 지르며 온몸을 바르르 떤다.

"으어어억, 이 시궁창 맛은 뭐야!"

"이쪽 보고 말하지 마. 시궁창 냄새나."

"아니, 이 약 자체가 시궁창이라고. 내가 어지간히 쓴 건 그냥 참는데 이건 대체 무슨 맛이냐고!"

샨은 주섬주섬 사탕을 찾아 꺼낸다.

"이거라도 먹을래?"

"그래 봤자 단맛 나는 시궁창이잖아! 뭐가 달라지는데!"

더 이상 묻지 않고 이번에도 티스의 입에 사탕을 쑤셔 넣었다.

"캬아아악! 이건 또 너무 달아!"

"그냥 먹어."

그러고는 양손으로 티스의 양 뺨을 붙잡았다. 티스의 눈이 커진다. 그러거나 말거나 샨은 찬트를 속삭였다. 티스의 뺨에 있던 부기도 시간을 돌린 것처럼 서서히 가라앉았다.

그런 샨을 한참 동안 바라보다가 티스가 중얼거렸다.

"많이 늘었다, 너. 노래도 그렇고. 성격도 그렇고."

"그냥 익숙해진 거지. 상처에 익숙해졌고, 이런 너한테도 익숙해졌고."

그렇게 말하고는 손을 뗐다. 샨은 율케스를 한 번 내려다보더니 작게 한숨을 내쉬었다.

"율케스는 다친 곳이 하나도 없네. 다 나은 거겠지만."

티스가 자랑스럽게 말했다.

"내가 한 대 더 때렸어."

"자랑이다."

그 말을 끝으로 샨은 고양이처럼 길게 기지개를 켰다.

9.

카이는 아직도 라온 교수님을 감시하는 모양이다. 샨은 율케스, 티스와 함께 적당히 아침을 먹었다. 아침을 먹으면서 어제 있었던 일들과 류인 황자의 이야기를 했다.

티스가 고개를 갸우뚱했다.

"수상한데?"

율케스도 덧붙여 말했다.

"작위적이군."

샨이 작게 한숨을 쉬었다.

"내가 하고 싶은 말이 그거야. 하지만 무시할 수도 없어."

티스가 턱을 괴었다.

"아마, 그 인간이 한 말 자체는 진짜일 거야. 거짓말로 그 순간을 속이기에는 너희 형이나 나나 그렇게 호락호락하지 않아. 중요한 건 어간 사이에 숨겨진 말이겠지."

티스가 검지를 들었다.

"첫째, 일단 던전 문을 빨리 열기 위해서는 우리나 에론의 도움이 필요해. 그리고 둘째."

이번에는 중지를 편다.

"이 녀석은 던전 문이 열린 다음 그곳이 어떤 구조인지 말하지 않았어. 아마 본인은 알고 있을 거야. 고대 자료를 찾아봤든, 뭐 아니면 놈을 충실하게 따르는 심복들을 이용해서 뭔가 술수를 썼든 말이지. 하지만 그걸 우리에게 말하지 않은 걸 보면 던전 문이 열린 다음에는 본인이 가로챌 생각일 거야. 마지막 셋째."

이번에는 약지를 편다.

"아마 이 유적 끝에는 각각의 보물들이 있을 거야. 카이의 건틀릿처럼. 왜 보물이 놓여 있을까? 왜 선조들은 그곳에 보물을 가져다 둔 걸까? 그리고 이걸 많이 모을수록 엘을 만날 확률이 높다고 했다며? 그건 진실일 가능성이 커. 그렇지 않았다면 보물을 구태여 그런 곳에 놓진 않았겠지."

날 선 추론에 샨은 고개를 끄덕였다.

"티스는 대단해."

"당연하지! 그래서 내가 어제 팔씨름에서도 이긴 거 아니야."

율케스가 끼어들었다.

"아, 그건 내가 이겼다. 거짓말하지 마라."

"무슨 소리야? 내가 이겼지."

"부끄러운 건 알겠지만 승패를 거짓 포장하는 건 좋지 않은 습관이다. 티스."

대체 누구 말이 옳은 걸까. 원래라면 율케스가 하는 말이 맞을 거다. 율케스는 이런 걸로 거짓을 말하진 않으니까. 하지만 상처투성이로 당당하게 이겼다고 주먹을 들어 보인 티스의 표정도 진실이었다.

뭐, 이런 일은 늘 그렇듯 결론은 하나다.

"둘 다 이긴 셈 치지, 뭐."

샨의 말에 둘 다 버럭 소리 질렀다.

"그런 듣기 좋은 소리 들으려고 그 고생 한 줄 알아!"

"맞다. 샤, 이 녀석이 뭐라고 거짓말을 한들 내가 승리했단 사실은 변하지 않아."

샤은 한숨을 포옥 쉬고는 아무 말 없이 둘의 손을 붙잡았다. 그러고는 힘을 줘서 쿵, 책상에 눕혀 버린다. 티스가 고통으로 비명을 지른다. 그러거나 말거나 샤이 말했다.

"내가 둘 다 이겼네. 이걸로 끝!"

그 말이 뭐가 웃긴지 티스는 아파서 구르다 말고 낄낄 웃음을 터뜨렸다. 율케스가 말했다.

"그래. 샤 네가 이긴 셈 치자."

티스도 덧붙였다.

"그러네. 팔씨름 최강자는 샤이네."

놀리듯 띄워 주니 정작 샤은 얼굴을 붉히며 아무 말도 못 한다.

밖으로 나가니 수색이 끝났는지 에론 형과 부하들이 짐을 정리하고 있었다. 에론 형이 샤을 향해 고개를 까딱인다.

샤 역시 인사했다.

"형, 떠나?"

확실히 전보다 어색한 건 덜한 느낌이다. 근본적으로 해결된 건 아무것도 없지만.

"그래. 이제 가야지."

그러고는 손을 뻗어 샨의 머리를 툭 눌렀다.

"몸조심해라. 던전은 몸 사리면서 가고."

이미 형은 샨을 꿰뚫어 보고 있었다. 샨은 뺨을 긁으며 긍정도 부정도 하지 않았다.

"형은?"

"던전은 내가 직접 가진 않고 적당한 인원을 뽑아 공략하게 할 생각이다. 나는 황도로 돌아가 독자적으로 방법을 찾을 거다. 수색하면서 알아낸 것도 있고."

그게 뭘까? 샨이 형을 바라보자 형은 한마디 덧붙였다.

"그렇게 봐도 안 가르쳐 줘. 알게 되면 알게 될수록 넌 더 위험 속으로 들어갈 테니까. 아무튼 이만 가마. 아참, 아르고가 방학인데 왜 올해는 네가 본가로 안 오냐고 투덜대는 편지를 보냈더구나. 일단 정 보고 싶으면 직접 학교로 오라고 했다. 아마 조만간 네 얼굴을 보러 오겠지."

샨은 고개를 끄덕였다. 하고 싶은 말은 많았지만 어쩐지 목이 막혀 한 마디도 나오지 않았다.

"아르고에게 안부 전해 주렴."

"편지 썼다며."

"그 녀석에게는 한 글자 더 쓰는 것도 아깝다."

아마 12자 이내로, 전보 수준의 짧은 단어만 써서 보낸 모양이다. 참 사이가 좋은 듯 나쁜 형제다. 샨은 웃음을 터뜨렸다.

"이제 가마. 다음에 봤을 때 보게 될 네 절망이 기대되는구나."

"악담 좀 그만해. 형."

"호오, 악담 같니?"

"악담 같은 게 아니라 악담이 맞잖아."

에론 형은 대답 대신 샨의 머리칼을 다시 한 번 유심히 쓸어 보더니 이윽고 몸을 돌려 학교를 나갔다. 샨은 그런 에론 형이 시야에서 완전히 사라질 때까지 손을 흔들었다.

10.

마법을 익힌다. 자신의 것으로 만든다. 세계에 대해 그 원리를 파악한다. 티스는 샨이 이런 고급 지식은 이해 못 하리라 생각했으나 그 생각을 철회해야 했다.

'빠르다. 생각이 유연하기 때문일까?'

공부 잘하고 머리가 명석한 건 이미 알고 있었다. 그러나 이건 차원이 다른 고대의 지식이다. 막대한 기초 지식을 필요로 하는 데다가 단순한 이해에 그치지 않고 고정관념에서도 벗어나야 한다. 부족한 부분은 상상력으로 메워야 할 때도 많을 거다.

샨은 마법석을 꺼내 들고는 주문을 외웠다. 형과 카이가 캐다 준 덕분에 마법석이 부족하지는 않으리라.

주문이 빨려 들어가며 각인되었다. 티스가 물었다.

"메모라이즈?"

"응. 주문을 각인시키고 있어. 하나의 마법석에 여러 개의 주문을 각인시키면 전투 중에 유리할 거고, 재미있는 것도 할 수 있거든."

"재미있는 거?"

티스의 말에, 샨이 웃었다. 그동안 수없이 많이 봐 오던 웃음이었지만 이런 요염한 웃음은 처음이다. 마족이 웃는다면 이런 모습일까 싶어 티스는 시선을 돌렸다.

샨은 그런 티스의 속마음을 아는지 모르는지 마법석 표면에 백은 분필로 문양을 그렸다. 은이 구슬 표면에 녹아들며 마법진으로 변했다. 자나 각도기, 컴퍼스도 없이 샨은 완벽한 도형을 그려 갔다. 샨의 왼쪽 눈이 빛난다. 물체의 본질을 보는 눈.

마법석 위로 별과 달과 삼각형이 얼룩진다. 마지막으로 샨은 구슬을 허공에 띄우고는 시동어를 왼다. 마법진이 빛나더니 마법석 안으로 파고들기 시작한다. 그러고는 마법석 표면이 재조립되기 시작했다.

그 자리에 나타난 것은 새.

마법석으로 만든 새였다.

"이건 어디서 많이 본 모습인데?"

"율리츠의 공방에서 봤던 기계 새를 바탕으로 주문을 연산해 봤어. 이 새가 학교 부근에 나타난다는 던전들을 찾아낼 거야."

"연산? 그건 어지간한 일류 마법사들이 셋은 모여야 할 수 있는 식일 텐데?"

"생각보다 어렵지도 않고, 힘든 부분은 카이의 뇌를 빌렸어. 드래곤과 계약자는 생각을 공유할 수 있거든."

"그렇다고 뇌까지 공유한다는 거야? 아니 그 전에, 카이가 수학을 할 줄 알아?"

그 질문에 샨은 잠시 생각에 잠겼다 붉은 입술을 열었다.

"이걸 어떻게 설명해야 할지 모르겠다. 일단 가능해. 그리고 카이의 뇌 용량은 꽤 넓어서 본인이 안 쓰는 부분을 내게 할당하는 거니까 문제없어."

티스가 되물었다.

"카이는 지금 라온 교수 감시하고 있잖아. 그 거리에서 공유가 된다고?"

샨이 고개를 끄덕였다.

"주인과 드래곤이 생각을 공유하는 이야기는 책을 찾아보면 나와. 그렇다는 건 뇌를 공유할 수 있다는 거고."

그렇다고 계약한 드래곤 뇌를 계산기 삼아 두들긴다는 말은 들어 본 적이 없다. 티스는 샨의 깊은 눈동자 속에서 섬뜩함을 느꼈다.

'이게 말이 돼?'

뭔가 딱 잘라 규정지을 수 없는 섬뜩함이다. 분명 전투에 도움이 되지는 않는 기술이다. 샨은 계속해서 마법석으로 새를 만들었다. 그러고는 일제히 하늘로 날려 보냈다.

어둠 속에서 샨의 왼쪽 눈만이 달처럼 빛났다. 티스는 샨의 얼굴 아래를 내려다보았다.

'가느다란 목. 힘만 주면 분질러질 목.'

왜일까. 그럼에도 빛도 닿지 않는 깊은 심해 속에 끌려내려가는 느낌이 드는 것은.

11.

샨은 얼마 지나지 않아 던전 두 개를 더 찾아냈다. 류인 황자의 말대로 던전 입구가 하나둘 모습을 드러낸다. 지난번에 본 인적 드문 공터에 입구가 있는가 하면, 지하 수로가 무너지면서 입구가 나타나기도 했다. 라온 교수님이 말했다.

"뭐, 일단 일반인들이 실수로 들어가지 않게끔 인식 장애 마법은 걸 거지만요. 샨 군은 그걸 해제해서라도 들어갈 거죠? 죽으려고 환장했으니까."

"교수님은 안 가십니까?"

그가 웃으며 다리를 꼬고 팔짱을 낀다.

"제가요? 왜요?"

그렇게 물으니 할 말이 없다. 샨은 어물어물 말을 내뱉었다.

"아니, 그냥 뭐랄까……. 엘이랑 뭔가 하실 거잖아요. 그러니까, 엘을 만나야 하니까요. 던전도 다 열어야 할 거고."

"샨 학생이나 마아아앓~이 하십시오."

샨은 그 순간, 저 못된 다크엘프의 주둥이를 붙잡아 양옆으로 늘리는 상상을 했다. 이걸 단순히 살의라고만 하기에는 도발 수준이 높다. 저 입을 쭉쭉 찢어 버리고 싶다. 그러나 그래서 뭐하는가. 그는 교수고, 이쪽은 학생 아닌가.

"알겠습니다. 저 혼자 많이 할게요."

"하하하, 삐지셨네요."

"안 삐졌습니다."

"너무 서운해하지 마세요. 저희에게는 저희만의 방법이 있다는 것만 알아 두시면 됩니다."

샨은 볼을 빵빵하게 부풀렸다.

"아, 네. 그러세요? 과연 교수님답습니다."

"하하하, 뭐 아무튼 카이 장갑에 관해서는 제가 모르는 장치가 발견되었습니다만 특별히 위험한 점은 없었습니다. 아마 류인 황자의 말대로 이런 보물들을 모으면 열리는 구조인 모양이에요. 장담할 수는 없지만요."

샨은 고개를 끄덕였다.

"그리 말씀하신다면 그런 거겠죠."

"여전히 삐졌군요, 샨 군은. 사내자식이 속이 그렇게 소갈딱지만 하면 오래 못 삽니다."

"원래부터 오래 못 산다 하셨잖습니까."

"샨 군의 벼룩만 한 수명이 먼지만큼 줄어드는 거죠."

해도 해도 너무 하신다. 카이는 장갑을 회수하고는 몸을 일으킨다.

"그러면 나 간다?"

카이가 몸을 일으키자 라온 교수는 노골적으로 아쉬워했다. 그러거나 말거나 둘은 자리를 떠났다.

12.

그날 이후로 샨은 티스, 율케스, 카이와 함께 던전을 내려갔다. 티스와 율케스는 예전부터 오랫동안 함께해 왔으니 손발이 맞았지만 카이는 그게 아니었다.

이번에 날아오는 건 끈적끈적한 점액질의 몬스터들이다. 겉으로는 그냥 푸딩 같지만, 닿는 순간 금속도 녹여 버리는 터라 원거리에서 공격해야 한다.

슬라임이라고 불리는 몬스터의 한 종류인 모양이다.

티스의 채찍이 호를 그리며 날아간다. 그와 동시에 같은 궤도에서 카이가 맞부딪친다. 카이의 권이 공기를 폭발시키는 찰나, 채찍이 카이의 뺨을 스쳤다.

짜악!

카이가 소리 질렀다.

"이게 뭐하는 짓이야!"

"아, 미안, 미안."

그렇게 말하곤 바로 다음 공격에 나선다. 카이는 그 무심한 태도에 짜증이 나지만 다가오는 적에 신경을 곤두세운다. 삼타, 사타를 이어서 작렬시키려는 찰나, 티스의 채찍이 카이의 코 앞에서 파공음을 만든다. 카이가 조금이라도 늦었다면 두개골이 부서질 뻔했다.

"자꾸 이럴래?"

"아니, 내가 공격하려는 곳에 네가 있는 걸 어쩌라고!"

티스는 그렇게 말하고는 다시 슬라임에게 공격을 날린다.

그 순간, 카이가 티스의 뺨을 향해 공격을 날린다. 티스는 그걸 감각만으로 피해 낸다.

콰앙!

"카이, 무슨 짓이야!"

카이는 아까 티스가 했던 것과 똑같은 목소리로 말했다.

"아, 미안, 미안."

누가 봐도 고의다.

"……."

티스는 카이를 노려본다. 카이 역시 티스를 노려본다. 둘의 시선이 마주치는 순간, 동시라고 해도 좋았다. 서로를 향해 공격을 날린다.

콰아아아앙!

율케스는 그런 둘을 멀찍이서 지켜보며 고개를 절레절레 흔들었다.

"망했군."

샨은 작게 한숨을 쉬더니 가방에서 마법석을 꺼냈다. 그러고는 시동어를 외운다.

"프리즈 블래스트!"

절대 영도의 냉기가 사방을 둘러싸며 슬라임들을 얼린다. 금쪽같은 마법석을 쓴 게 뼈아프지만 어쩔 수 없다. 샨이 두 사람을 보며 말했다.

"싸우지 마. 힘을 합쳐도 모자란데 여기서 싸워서 대체 어쩌자는 거야."

샨은 초롱초롱한 눈으로 덧붙여 말했다.

"다시는 안 싸울 거지?"

그 눈빛에 둘은 마지못해 고개를 끄덕였다.

그리고 두 층 아래. 다시 적과 난전을 벌이기가 무섭게 티스와 카이는 서로를 향해 주먹질을 날렸다. 이번에 선타를 친 건 카이. 티스가 달려가는 방향으로 카이가 주먹을 날렸다. 비록 스치진 않았다고 해도 카이의 공격 하나하나가 엄청난 폭발력을 갖고 있다.

그 공격 한 번에 티스의 머리카락이 잘렸다.

제 몸 하난 다이아몬드마냥 챙기는지라 티스는 광분했고, 이번에는 말싸움도 없이 서로에게 주먹을 날렸다.

빠아악!

샤이 소리 질렀다.

"그만, 그만해! 대체 왜 싸우는 거야!"

카이가 말했다.

"마마, 대체 왜 이 자식을 데려온 거야? 마마와 나, 둘뿐이면 충분하잖아."

티스도 덧붙였다.

"대체 팀플레이의 기본도 안 된 풋내기 드래곤은 왜 데려온 거냐. 애초에 너, 나, 율케스만으로도 이 던전은 정리됐어."

샤이 이마를 찌푸렸다.

"너랑 율케스랑 나랑 셋이 힘을 합쳐도 에론 형 하나 어떻게 못 해. 그리고 그 에론 형도 마지막 층에서는 애를 먹었거든!"

거짓말이다. 에론 형은 땀 한 방울 흘리지 않았다. 알테리온 소드의 후계가 된 이상 이제 에론 형은 천외천이 되었다. 그래도 샨은 생각했다. 에론 형이 필살기를 날리지 않았던가. 그것만으로 이미 좀 힘들었다는…… 아니, 벼룩의 간만큼이라도 힘들었다는 증거일 거라고.

카이가 말했다.

"그 인간이 뭐가 힘들어했어!"

샨이 대답했다.

"아, 아니야. 힘들었어. 힘들어했다고."

티스가 벌러덩 누웠다.

"으아, 몰라. 난 저 용 새끼랑 같이 안 놀 거다. 뭐 맞는 게 있어야지."

율케스는 그러거나 말거나 묵묵히 검을 휘두른다.

결국 말릴 수 있는 건 샨이다. 샨은 두세 시간이 넘게 설득하고 또 설득해야 했다.

원래 합이라는 게 하루아침에 맞을 리가 없지 않느냐, 둘 다 자기만의 스타일이 강하다 보니 그런 거 아니겠느냐, 내 얼굴을 봐서라도 참아라.

그 말에 결국 둘은 납득하고 아래층으로 내려갔다.

그리고 정확히 3분 후, 다시 소리를 질렀다.

"이 빌어먹을 용 새끼가!"

"닥쳐! 버러지 인간 주제에!"

둘의 검풍이 던전을 부술 듯 폭발한다.

"……."

샤의 인내심이 끊어지는 순간이었다. 샤은 가방에서 구슬 하나를 꺼냈다.

"마마, 그게 뭐야?"

샤이 방긋 웃더니 율케스의 손목을 잡아당긴다.

"어차피 내가 있으나 없으나 똑같아 보여서 둘이 좋은 시간 보내라고. 텔레포트."

샤이 시동어를 외는 순간, 샤과 율케스의 모습이 빛을 내며 사라진다. 텅 빈 공간에서 카이, 티스가 멍하니 정신을 놓았다. 이윽고 먼저 정신을 수습한 티스가 말했다.

"갔어? 진짜로? 우릴 버리고?"

카이가 중얼거렸다.

"마, 마마……? 마마! 마마!"

"닥쳐, 용 새끼. 주인 의존증은 예나 지금이나 똑같네. 왜, 안 보이니까 죽을 것 같냐?"

그 순간, 카이의 주먹이 티스의 턱을 향해 내리꽂혔다.

콰아아앙!

13.

빛이 걷히니 어느 언덕 위였다. 아카데미가 흐릿하게 보이는 걸 보니 꽤나 멀리 이동한 모양이다. 샨이 한숨을 쉬었다.

"아, 좌표 틀렸다. 원래라면 던전 바로 밖에 도착했어야 했는데. 뭐가 틀린 거지?"

율케스는 샨의 작은 어깨를 내려다보았다. 대체 무슨 생각을 하고 있는 걸까. 샨의 어깨가 작게 떨린다.

샨은 바닥에 털썩 주저앉았다. 율케스는 그런 샨 옆에 함께 앉는다.

"괜찮나? 지쳐 보이는데."

"당연히 괜찮지. 이 세계의 멸망을 보고, 압도적으로 강한 에론 형도 보고, 내 주장을 관철시키기 위해 어떻게든 강해져 보겠다고 온 힘을 다하면서, 심지어 내 주장을 뒷받침할 대안도, 아이디어도 없이 일단 던전이라도 수색하겠다고 왔는데 카이고 티스고 다들 자기 생각밖에 안 해. 그런 데도 난 괜찮아. 잠깐 인내심의 끈이 끊어졌지만 어떻게든 버티고 있어."

"……안 괜찮다는 뜻이군."

"……."

샨은 대답 대신 무릎 사이로 얼굴을 파묻었다. 그때 크게 쓰러진 이후로 죽지 않을 만큼은 먹고, 기절하지 않을 만큼은 일해 왔다. 그렇다고 부담이 없어지는 것도, 과로를 하지 않는 것도 아니다.

"매 초, 매 분마다 내 무력함을 절감해. 그래도 계속해서 나아가는 것 말고는 할 수 있는 게 없으니까."

한순간 인내심이 끊어져 버렸다. 어찌해 볼 도리도 없이. 정신 차려 보니 이미 자리를 박차고 나와 버렸다. 율케스는 그런 샨의 어깨를 문질러 줬다.

"어쩌겠나. 어차피 둘 모두 한 발짝도 물러날 생각이 없고, 언제나 가운데서 애를 먹었던 건 너였으니까."

"그래도 괜찮아졌다고 생각했는데."

"전투에 대해서는 날카로워질 수밖에 없지. 목숨이 걸린 일이니까. 뭐, 그리고……."

그는 손가락을 넣어 샨의 머리카락을 흔들었다.

"애들은 싸우면서 크는 거니까."

그게 율케스가 할 말인가 싶어 샨이 율케스를 향해 뺨을 부풀렸다. 율케스가 어색하게 한마디 덧붙였다.

"아마 괜찮을 거야. 특히 티스는 성격이 꼬였으니까."

꼬였다면 오히려 더 상황이 나빠지는 게 당연하지 않나.

샨이 이렇게 묻자 율케스는 관자놀이를 손가락으로 긁적이더니 다시 짧게 한마디 덧붙였다.

"설명하긴 어렵지만, 아무튼 잘 풀릴 거다. 네가 나온 게 오히려 결정적인 한 수였어."

들으면 들을수록 의문만 더 커져 간다.

같은 시간, 티스와 카이는 아직도 그 던전에서 싸우고 있었다.

"빌어먹을 인간 놈이!"

"망할 용 새끼가!"

둘이 만들어 낸 살기가 던전을 울린다. 카이는 이를 부득부득 갈면서 계속해서 주먹을 내뻗었다. 지금 여기가 던전 안이라는 게 가장 큰 문제다. 천장이 없는 밖이라면 바로 용으로 변신해 공중에서 브레스를 퍼부어 주면 될 일이다.

어차피 인간의 육신이 드래곤의 브레스를 막을 수는 없다. 거기다가 만에 하나 공중 부양을 익힌 인간이라 하더라도 공중에서 빠른 속도로 폭격하는 드래곤의 공격을 피할 수 있는 이는 거의 없다.

'사람 몸이 이렇게 족쇄가 될 줄은!'

마마와 똑같은 몸이라고 좋아했던 것도 옛말, 지금의 카이는 갑갑함을 느낀다.

'죽인다. 죽여 버린다!'

육식 생물 특유의 야생 본능이 끓어오른다. 이쯤 되면 마마의 친구이니 적당히 손봐 주고 끝내자는 이성도 멀어져만 간다. 순수한 전투 본능이 살의가 되어 끓어오른다.

마치 끓는 기름처럼 분노하는 카이를 상대하며 티스는 어째선지 점점 더 냉정을 찾아갔다.

'샨은 이미 나가 버린 모양이고 여기 남은 건 우리 둘뿐인가. 올라가든가, 둘이서 던전을 돌파하든가 둘 중의 하난데…….'

카이의 정타가 날아온다. 이 녀석의 공격은 일반적인 권사들보다 훨씬 까다롭다. 그도 그럴 것이 공격 범위가 상상 이상으로 어마어마하게 넓다. 원래부터 정타 하나하나에 진공파를 쏘던 게, 이번에 얻은 바람 속성의 건틀릿까지 끼고 나니 상상을 초월한다.

"야, 좁은 공간에서 싸워서 짜증 나는 건 이쪽도 마찬가지라고!"

피하는 건 무리다. 그렇다면 남는 건 똑같은 힘으로 쏴서 공격을 튕겨 내는 것. 티스의 채찍이 붉은 마력을 띤다.

검강의 파편이 공기를 이끌고 카이의 공격을 후려친다.

파아아앙!

타이밍과 공격의 섬세함만큼은 율케스를 뛰어 넘는다.

'도로 여길 나가면, 나중에 또 내려와야 할 거고. 그러면 이 짓을 다시 해야 한다는 거지.'

아무리 그래도 두 번 일하는 건 이쪽에서 사양이다.

아까의 공격을 보기 좋게 막아 내자 카이는 더욱더 분노한다. 카이가 분노할수록 티스는 점점 더 식어 갔다.

'아아, 율케스가 보면 또 성격 꼬였다고 하겠네.'

어쩔 수 없다. 원래부터 뇌 구조가 이렇게 생겨 먹은걸. 티스는 카이가 보란 듯이 낄낄 웃었다. 무슨 의도인가 싶어 카이의 공격이 느슨해진다.

"역시 경험 부족. 애새끼라 어쩔 수 없네."

그 순간, 티스가 날린 암기가 카이의 긴 머리카락을 한 뭉텅이 잘라 버렸다. 카이의 눈이 커진다.

"너, 너 감히 내 머리카락을! 마마가 칭찬한 내 머리카락을 감히!"

어디까지나 머리 감기며 제발 가만히 좀 있으라는 의미에서 해 준 칭찬이긴 하다. 티스는 카이를 목욕시키는 샨의 억양을 그대로 따라 했다.

"예쁘다, 예쁘다. 카이 머리카락 멋있다. 예쁘다. 그러니 왼쪽으로 좀 고개 돌려 볼래~? 거품 들어가니까 눈 감아. 그렇게 마마가 보고 싶었쪄요?"

그 순간, 카이가 밟고 있던 땅에서 우드득 소리가 나며 사기그릇처럼 균열이 퍼진다. 꽤나 단단하게 만들어 놓은 지하 유적이다. 그동안 티스의 채찍질에도 바닥에 흠집 하나 나지 않았다. 그게 카이의 분노 한 번에 갈라지기 시작했다.

'아이쿠, 너무 건드렸나?'

카이는 지나치게 빠르게 성장하고 있다. 보통 사람들이 1을 배우면 천재는 10을 배운다. 그러나 카이는 50을 배운다.

샨이 가지고 있던 지식을 기반으로 스펀지처럼 빨아들여 갔다. 마치 곰이나 사자 같다. 애초부터 태어나길 인간 따위는 씹어 먹을 정도로 강했던 것이, 경험을 통해 더욱더 위험한 상위 포식자가 되어 간다.

티스의 등에 식은땀이 흘렀다.

'살기 봐라, 살기. 진짜로 죽일 모양이네.'

주인 놈은 이미 멀리 가 버렸다. 브레이크 망가진 마나 전차요, 고삐 풀린 망아지다.

'뭐, 어쩔 수 없지.'

티스는 혀를 비죽 내밀었다.

"나 잡아 봐라!"

그 순간, 그의 소매에서 수백 개의 암기가 시야를 가리며 날아올랐다. 카이는 급히 몸을 피했지만, 티스는 이미 시야 끝으로 멀어진 후다.

"잡히면 죽어!"

이래 봬도 도망치는 것 하나만은 천하의 알테리온 가문의 삼 형제도 인정하지 않았던가.

어쩔 수 없지. 오늘만은 투우사가 되기로 했다.

뒤에서 달려오는 건 성난 수소가 아니라 성난 드래곤이지만.

이러나저러나 안 잡히면 그만이다. 티스는 던전 깊숙이, 아래층으로 달려 내려갔다. 카이는 잠깐 멈칫하더니 샨이 사용했던 보법을 사용하기 시작했다.

알테리온식 윈드 워커!

그 순간, 카이의 잔상이 놀랍도록 가볍게 미끄러진다. 티스의 얼굴이 새파랗게 질려 갔다.

"워, 워어."

상상 이상으로 난이도가 올라갔다.

어느새 카이의 숨결이 뒷목에 닿는다.

"잡히면 진짜로 죽여 버린다."

"응, 그래. 말에서 진심이 느껴진다, 그거."

티스는 그대로 벽을 밟고는 일부러 천장에 매달린 장치를 발동시켰다. 그러자 거대한 칼날이 튀어나와 카이를 공격했다.

티스가 말했다.

"일단 그거나 잡고 나서 해 봐라."

그 말과 동시에 카이의 주먹이 칼날을 한 방에 부순다.

콰아앙!

유리 조각처럼 처참하게 깨지는 강철 칼날 사이로 카이가 대답했다.

"그럴 생각이야."

14.

샨과 율케스는 언덕에서 내려와 철길을 따라 몇 시간을 계속 걸어갔다. 근처에 민가 하나 보이지도 않고, 말을 빌릴 만한 작은 역도 없다.

결국은 걸어 돌아가는 게 전부다.

샨은 철로 한쪽에 올라 평행봉 위를 걷듯이 양팔을 벌려 걸었다. 율케스는 그런 샨의 곁에서 묵묵히 함께 걸어갔다. 샨이 말했다.

"응, 그래도 둘 다 죽지는 않을 거야."

샨은 자기 안에서 뭔가 하나를 놓았다. 두 사람이 화목해질 거라는 그 바람을 놓았다.

"이것도 내 욕심이지. 내 욕심이야. 사람은 욕심 때문에 괴로워지는 거랬어. 욕심은 놓고, 흘러가는 대로 두는 게 자연스러운 거지."

"……."

동대륙에 있다는 무위자연의 철학을 내세우며 샨은 편안한 얼굴로 걸어갔다. 율케스는 방금 전까지 언덕에서 '어떡해! 나 어떻게 해! 두 사람 어떻게 해!' 하며 데굴데굴 구르던 한 소년의 모습을 아직도 기억한다.

그 소년은 세상이 멸망할 것처럼 절망과 불안에 빠져 있더니, 결국은 한숨만 포옥 쉬고 일어나서 말했다.

'그래. 이 모든 것은 집착. 번뇌를 버려야 길이 있을 텐데 내가 망집에 사로잡혔구나.'

역시나 자연과 벗 삼아 가는 드루이드의 핵심 비전서이자, 모든 드루이드의 원류가 된다는 '신록의 서'가 부끄럽지 않은 기개였다.

율케스가 말했다.

"포기가 빨라."

"아까는 나보고 포기하라며!"

"엄연히 말해 포기하라고는 안 했다. 알아서 잘될 거라고 했지."

그 상황에서는 아무리 봐도 그 말이 그 말 같다. 샨이 말했다.

"내가 지금 무슨 예측을 하고 있는지 알아? 카이는 이제 분노한 맹수가 되어서 티스의 목을 물어뜯으러 달려가고 있을 거고, 티스는 목숨 걸고 도망치고 있을걸."

율케스가 말했다.

"정확하군. 내 예측도 그래."

"대체 이 예측의 어디를 보면 잘될 거라는 말이 나오는 건데?"

"경험적 사실."

그 말에 샨이 뒤를 돌아본다.

"뭐?"

그때 멀리서 경적 소리가 울렸다. 마나 열차다. 율케스가 물었다.

"올라탈 건가?"

율케스라면 능히 샨을 들고 열차에 탈 수 있다. 샨이 고개를 저었다.

"어디로 향하는 열차인 줄 알고."

그때 샨의 왼쪽 망막에 달이 떴다. 샨의 눈이 커졌다.

"형…… 아르고 형? 객실에…… 있네?"

그 말이 끝나기가 무섭게 율케스는 샨을 거칠게 들어 열차 지붕까지 단번에 뛰어올랐다.

콰앙!

그와 동시에 열차 지붕 뚜껑이 열렸다. 아르고 형이 손을 흔들었다.

"어라, 너희들 대체 왜 거기 있었던 거야?"

샨이 식은땀을 흘리며 되물었다.

"혀, 형이야말로?"

"나야 너 보려고 왔지. 에론 형이 마지못해 답장을 보냈더라. 꼬우면 오라고. 12자로 끊는 게 거의 전보 수준이던데."

역시 에론 형이다. 샨은 식은땀을 흘렸다.

아래로 내려가니 객실에는 아르고 형밖에 없었다.

"방학 중에 드래곤 스콜라 쪽에는 열차도 잘 안 다녀. 하루에 한 대 겨우 다니더라."

아르고 형은 검소한 이등칸으로 샨을 데려왔다. 침대가

있지만 일등칸만큼 넓지도 편안하지도 않았다.

'생각해 보니 아르고 형은 상인이지.'

돈은 많지만 그 돈이 전부 자신의 사업 자본이기도 했다. 그러다 보니 불필요하다 싶은 일에는 돈을 무척이나 절약했다. 그나마 장거리 열차로 오는 터라 이등칸을 신청한 걸 거다. 평소에 쓰는 삼등칸부터는 침대 없이 몇날 며칠을 좁은 의자에 앉아야 한다.

'그리고 보니 아르고 형이랑은 서로 존댓말 쓰지 않네.'

예전에는 같이 있어도 조금은 어색했는데, 이제는 괜찮다. 많은 일을 겪었고, 많은 오해(?)가 있었고, 아직 그 오해가 풀어지진 않았지만 괜찮다.

'그래도 그 괴상한 말투를 쓰지 않아서 아쉬운걸?'

문득 아르고 형에게서 달큰한 냄새가 났다.

"향수 바꿨네?"

"아아, 눈치 귀신이구나. 좋아하는 여자가 생겼거든. 바람 같은 사람이라 언제 다시 만날지는 모르겠지만 언제 다시 봐도 좋은 기억이 떠오르도록 이렇게 뿌려 두고 있어."

부디 그 상대가 괴도 샤이린이 아니길 빈다.

만약 그랬다면 샨은 과거의 죄업을 씻기 위해 크롬에게 했던 것과 똑같이 진실을 밝히기 위한 광기에 젖은 쇼를 해야 할 테니.

'물론 그 쇼는 실패했지.'

크롬 놈의 눈은 생각보다 더 공고했다.

샨은 화제를 애써 돌렸다.

"나 보려고 이렇게 멀리까지 오다니, 미안한데."

"신경 쓰지 마. 물론 널 보려고 왔지만, 다른 일도 처리하러 왔어."

샨이 고개를 갸우뚱했다.

"다른 일?"

아르고 형은 아무렇지도 않게 말했다.

"아아, 마이어하트 쪽 상단이랑 계약서를 쓸 게 하나 있거든. 겸사겸사 약속 장소도 이쪽으로 불렀어."

"형은 늘 바쁘구나. 마이어하트 쪽 상단이면 크롬은 안 오지?"

그 말에 형은 웃으며 너스레를 떨었다.

"에이, 설마하니 그 소공자가 여기까지 오겠니. 방학했으니 영지 돌보기에 바쁘지."

다행이다. 왠지 모르게 다행이다. 두 사람이 서로 한 공간에 마주 앉아 있는 것만 상상해도, 게다가 거기에 샤이린이라는 화제라도 나왔다가는 무심결에 자살할 거 같으니까.

'적당한 기회에 빠져나가야겠다.'

아르고 형에게는 미안하지만 지금 던전에는 카이와 티스가 있다. 회포를 푸는 건 나중으로 미루고 지금은 적당히 상황을 봐서 역에 도착하면 잠시 이별할 생각이다.

세 사람은 열차에 앉아서 한참 동안 말이 없었다. 율케스는 꾸벅꾸벅 졸기 시작했고, 샨은 말을 아꼈다. 아르고는 뭔가 말을 하려다가 창밖을 보며 생각에 잠겼다. 이윽고 그가 입술을 열었다.

"샨, 언젠가 네게 내 아내가 될 사람을 소개할게. 그 사람이 누구냐 하면, 괴도 샤이……."

그 순간, 샨의 입에서 반사적으로 말이 튀어나갔다.

"어, 형. 그거 사실 나야."

"……."

침묵이 바다가 되어 밀려온다. 졸고 있던 율케스조차도 한쪽 눈을 뜬다. 안 좋다. 이건 정말 좋지 않은 상황이다. 샨 본인도 놀랐는지 자기 입술을 만지작거렸다. 하지만 이미 크롬 때도 겪어 보지 않았던가. 이런 오해는 빨리 해결할수록 좋다. 불편하다고 미루면서 늦을수록 위험한 법이다.

아르고 형이 되물었다.

"내가 지금 뭔가 잘못 들은 것 같은데?"

"화장 도구 있어? 아니면 여자 옷이나 가발 같이 꾸밀 거라든가."

"네 형을 대체 뭐로 보고 있는 거니. 성도착증 환자도 아니고 그런 걸 들고 다닐 리 없잖아?"

그래, 티스처럼 이런 물건을 상시로 들고 다니는 인간이 또 있을 리가 없지. 아르고 형은 샨을 한 번 보고 창밖을 한 번 봤다가 다시 샨을 보길 반복한다.

샨이 말했다.

"어쩔 수 없었어. 형, 나는 그 책이 필요했고 신분을 감춰야 해서……."

"아니, 잠깐만. 샨…… 그냥, 아무 말 하지 말아 봐. 잠시만 나한테 아무 이야기도 하지 마라. 제발."

아르고 형은 눈을 감더니 유리창에 머리를 쿵쿵 박았다. 십 분을, 이십 분을, 삼십 분을.

마침내 유리창에 금이 가기 시작할 무렵이 되어서야 아르고 형은 눈을 떴다.

"그러니까, 너라고?"

"응."

"너였다고?"

"미안해."

"그래, 네가 거짓말할 아이는 아니지. 잠시만……."

아르고 형이 객실을 나갔다. 밖에서 '으아아아아악!' 하고 지르는 고함 소리가 어마어마했다. 아르고 형은 성대가 터져라 고함을 질러 댔다. 그렇게 또 30분이 지났다. 이윽고 고함은 잦아들고 뭔가를 부수는 소리가 울렸다. 엉덩이 아래로 묵직한 진동이 울렸다. 역무원들이 그 방향으로 달려갔고, 다시 잇달아 뭘 부수는지 철이 타는 냄새가 났다.

그렇게 한참 후, 아르고 형은 마침내 안으로 들어왔다. 양 손목에는 수갑을 차고 있었다. 기물파손죄로 묶어 놓은 모양이다.

샤은 한 마디도 못 하고 그냥 얼음처럼 앉아 있었다.

대체 뭘 때려 부순 걸까. 형의 주먹이 피에 젖어 있었다. 이윽고 샤이 말했다.

"형."

"왜 그러심까?"

삐졌다. 말투가 삐쳐 있다. 과거 들었던 존댓말로 다시 돌아온 것뿐이지만 형에게서 느껴지는 거리감은 상상을 초월한다.

"미, 미안해."

"신경 쓰지 마십쇼. 전 괜찮습니다."

전혀 괜찮지 않다고 그의 말투가 말하고 있었다.

"이, 일단 치료를……."

샨은 가방에서 주섬주섬 소독약을 꺼냈다. 살이 조금 찢어졌지만 꿰맬 필요는 없어 보인다. 아르고 형이 샨의 손을 탁 쳐서 치웠다.

"괜찮습다. 아우님이나 많이 하십시오."

웃고 있다. 분명 형은 웃으면서 자애롭게 말하고 있다. 그러나 그의 행동은 엄동설한에 맺힌 고드름보다도 차가웠다.

'그래, 화날 만하지. 누가 봐도 화날 만한 일이지.'

결론적으로 말하면 하나밖에 없는, 그것도 그동안 엄청 귀여워했던 아우가 형을 가지고 논 셈이 되지 않나.

애초에 크롬의 반응이 이상한 거다. 아니, 아르고 형의 안목이 멀쩡하고 샨에 대해서도 잘 알기 때문이라고 해야 하나.

'그렇다고 해도 이렇게 다친 걸 그대로 둘 수는 없어. 누구 때문에 다친 건데…….'

샨은 아르고 형의 두 주먹을 감쌌다. 아르고 형은 다시 샨의 손을 피하려다가 수갑 때문에 잠자코 잡혀 준다. 뭘 하는가 보자는 요량인 모양이다.

이윽고 샨은 천천히 찬트를 부르기 시작했다. 원래라면 소독약을 뿌리고 시작하는 편이 더 안전하지만, 아르고 형이 거부하니 어쩔 수 없다.

출혈만이라도 막을 요량으로 샨은 계속해서 높고 낮은 음을 만들어 냈다.

빛이 유리창에 반사되어 반짝인다. 아르고는 아무 말도 없이 그런 샨을 바라본다. 율케스는 눈을 감고 샨의 노래를 감상한다. 목소리에서 가을 밀 냄새가 났다. 추수의 계절, 금빛으로 펼쳐진 밀밭에서 이런 향기가 났다.

이윽고 샨이 마지막 음을 떨어뜨렸다.

손등의 출혈이 완전히 멎었다. 가벼운 상처라 살도 벌써 거의 다 아물어 갔다. 아르고 형의 손은 크고 거칠다. 상인 특유의 굳은살도 많고 상처도 많았다.

"흉터는 안 생길 것 같아."

"……."

아르고 형은 한숨을 쉰다. 무슨 의미의 한숨일까. 궁금했지만 입 밖으로 내진 않았다.

15.

열차가 역에 도착했다.

"샤인 알테리온 님이라고 하셨죠? 신원 확인차 동행해 주셔야겠습니다."

아르고 형이 말했다.

"별일 아닐 검다. 그냥 보석금이랑 배상금 좀 내야 하는데 신원 보증인이 필요함다."

샨이 망설이고 있는데 율케스가 말했다.

"두 사람은 걱정 없을 거다. 대신에 내가 가 보도록 하지."

샨은 망설이다가 작게 고개를 끄덕였다.

"어쩔 수 없네. 잘 부탁할게. 아참, 이거."

샨은 주문을 각인한 마법석을 율케스에게 건냈다.

"귀환 마법을 걸어 놨어. 이걸 쓰면 바로 던전 밖으로 나올 거야. 아까 나처럼 급하게 사용하는 게 아니면 좌표가 어긋날 일도 없을 거야."

"음."

율케스는 그 말을 끝으로 몸을 돌려 던전이 있는 방향으로 향했다. 아르고 형이 물었다.

"던전?"

"별거 아니야."

"그것도 숨기는 겁까? 참 대단하십다. 우리 동생은."

안 풀린다. 화가 너무 안 풀려. 아니 뭐, 샨 자신이 당했다고 해도 사과 몇 마디로 풀리지 않겠지만 아르고 형은 원래부터 뒤끝이 길기로 유명하다.

형제들 중에서 에론 형도 아르고 형은 잘 안 건드리지 않나. 뒤끝 하나는 지긋지긋하게 길어서.

문득 샨은 뒤를 돌아보았다. 아르고 형이 잠시 나갔던 열차 옆 칸이 완전히 우그러졌다. 쳤을 때 제법 자제하고 친 느낌이라 괜찮겠지 싶었는데 저 상태인 걸 보니 사고가 안 난 게 용하다.

'어떻게 해야 하나.'

그만큼 아르고 형이 정신이 나가 있다는 뜻. 정작 아르고 형은 방긋 웃기 바쁘다.

"가십시다. 아우님."

미치겠다. 처음 반말로 시작했던 말투가 이제는 남보다 더 딱딱해지기 시작했다.

자경대 본부에 도착해서 이런저런 서류에 사인을 했다.

아르고 형은 상단 수표를 써서 배상금을 지불하고, 겸사겸사 보석금도 냈다.

마나 철도 공사 측은 이미 충분한 배상금을 얻었기 때문에 입건하고 싶진 않다고 했고, 자경대 쪽에서도 이런 일로 재판 건수를 늘리고 싶지 않아 하는 눈치였다.

대신 추후에 또 다시 이런 일을 벌일 시에 본 철도를 이용할 수 없다는 각서를 써야 했다.

아르고 형의 기분은 더욱더 다운되었다.

'철도 한 칸 값이 그렇게 비쌌단 말이야?'

그깟 철판에 바퀴. 돈이야 나가겠다만 아무리 그래도 집 한 채 값 정도 나가겠나 싶었다. 그러나 사인 한 번에 집 열 채 값이 공중분해되었다.

'비싸구나. 마나 열차.'

아르고 형이 쓰고 있던 깃펜, 펜촉이 툭 부러졌다.

잉크가 검은 용지 위로 확 번진다. 그런데도 법적 효력은 있는지 다시 서류를 작성하라는 소리는 안 한다.

"그러면 이걸로 합의하도록 하겠습니다."

자경대는 아르고 형의 수갑을 풀어 주었다.

16.

밖으로 나오니 완전히 밤이 되었다. 아르고 형이 물었다.

"카이는 어디 갔습까?"

제대로 설명하려면 던전 이야기까지 전부 나와야 한다. 샨은 망설이다 결국 거짓말을 했다.

"기숙사에서 자고 있어."

"그러면 왜 자고 있는 카이를 놔두고 그 멀리까지 나온 검까?"

아, 아르고 형을 상대로 어설픈 거짓말은 절대 통하지 않는다. 알고는 있지만 그렇다고 사실을 밝힐 수도 없다.

샨이 어물거리자 아르고 형이 그런 샨의 어깨를 툭 쳤다.

"뭐, 알겠습다. 어차피 아우님에게 있어서 저란 인간은 이용해 먹고 적당히 거짓말만 하다가 버릴 존재니까요."

"그런 게 아니라는 걸 형도 알잖아."

"그러면 하나부터 열까지 거짓말을 하는 이유는?"

샨은 입술을 씹었다. 아르고 형은 한숨을 쉬더니 돌아섰다.

"이만, 됐습다. 나중에 다시 보죠. 아우님 바빠 보이니 나중에 시간 나면 이야기하도록 합시다."

아르고 형이 몸을 돌린다.

그런 형을 붙잡고 싶었지만 죄책감이 다리를 꽉 붙잡아 놓질 않았다. 샨은 입술을 깨물었다. 아르고 형이 점점 더 멀어진다는 게 느껴졌다.

그가 완전히 가고 나서야 샨은 겨우 움직일 수가 있었다.

결국 형도 붙잡아 주길 바랐을 거다. 전부 다 털어놓지 않더라도 뭔가 제대로 한마디 설명해 주길 원했을 거다. 그러면 적당히 이유를 들어서 형 나름의 합리화를 해 줬겠지. 동생 고생이 많다고 말해 줬겠지.

'그러기 위한 최소한의 조건이 진실.'

그 진실을 말할 수가 없었다.

아르고 형의 뒷모습에서 에론 형을 보았다. 그도 결국 에론 형의 주장이 옳다고 찬성할까 두려웠다.

'바보구나. 난…….'

한숨만 나온다. 샨은 몸을 돌려 아르고 형의 정반대 방향으로 걸어갔다.

Chapter 4
천공의 태엽

1.

던전 입구로 돌아가니 쪽지가 붙어 있었다.

우리, 기숙사로 돌아감!

티스의 필체다. 길이 제대로 엇갈린 모양이다.

"이거 두 번 걷게 생겼네."

오늘 운세는 왜 이따위일까. 그렇지 않아도 카이가 곁에 없으니까 불행의 파도가 또다시 밀려오는 걸까.

별의별 생각을 다 하며 샨은 먼 길을 돌아갔다.

돌아오는 도중에 머리 위로 화분이 떨어진 것과 나무가 두 번 정도 쓰러진 걸 제외하면 멀쩡했다.

"음, 역시 운명이 바뀐 게 맞아."

샨은 그렇게 생각하고는 기숙사 방으로 들어갔다. 티스의 침대에 두꺼운 형체 둘이 있었다. 그중의 하나가 손을 흔들었다.

"아, 마마. 안녕."

카이다. 카이는 그렇게 인사하고는 도로 기절하듯 잠이 들었다. 카이 옆에는 티스가 함께 자고 있었는데 씻지도 않고 흙투성이인 채로 자고 있다.

"이야, 시트가 진흙투성이네."

이거 빨려면 제대로 고생해야 할 거다. 가뜩이나 방학 동안은 시종들도 없는데.

율케스가 책을 덮었다.

"왔군. 형 일은 잘 처리했나?"

"응, 대충. 둘은 어쩌다 저렇게 친해진 거야?"

샨의 말에 율케스가 이야기를 시작했다.

"말하자면 좀 긴데……."

율케스의 이야기를 요약하자면 이렇다. 율케스가 도착했을 때는 이미 던전 하층부까지 뚫려 있는 상태였다.

그는 내심 '이 속도라면 이미 하층부까지는 도착했겠군.' 생각하고 여유 있게 뒤를 쫓았다. 중간쯤 내려갔을 때 벽에 난 커다란 균열들과 뭔가 강력한 타격으로 푹 파인 자국들이 보였다.

그래서 율케스는 생각했다.

'한판 하고 있군.' 이라고.

계속 추적해서 하층으로, 하층으로 내려가니 점점 더워지는 게 아닌가. 어느 한순간, 시뻘건 용암이 강처럼 흘러가고 그 위에 다리가 아슬아슬하게 놓여 있는 공간이 나왔다.

다리와 용암까지의 거리는 약 80미터 정도. 떨어지면 무조건 죽는다고 봐야 한다.

둘은 그 다리 위에서 싸움을 벌이고 있었다.

이야기를 듣던 샨이 물었다.

"위험하지 않아?"

"위험하지. 자칫하면 용암에 목숨을 잃을 테니까."

그러나 카이는 분노 때문에 거기까지 생각할 겨를이 없었던 모양이다. 카이의 일격이 계속해서 티스를 몰아쳤고, 티스는 뒤로 물러나며 카이의 공격을 받아쳤다. 그때 티스와 율케스의 눈이 마주쳤다.

산전수전공중전을 다 겪은 사이다 보니 그 한 번의 눈짓에 무슨 뜻인지 바로 알아차렸다.

'너, 뒤로 빠져.'

율케스는 다리 밖으로 나와 안전한 곳으로 피했고, 그 순간 티스가 채찍을 강하게 후려쳤다. 카이의 공격을 피하며 교각 사이사이에 줬던 균열이 한 번에 으깨지면서 다리가 무너진다.

이 공격만은 예측을 못 했는지 카이가 떨어졌다.

티스는 채찍을 뻗어 그런 카이의 팔을 단단하게 붙잡았다. 카이가 소리 질렀다.

"차라리 죽여!"

"미쳤냐. 말싸움 좀 했다고 친구 반려용을 죽이게?"

그 순간 카이의 신발이 아래로 떨어지더니 용암에 닿기가 무섭게 불을 내며 사라졌다. 티스가 말을 이었다.

"사과하면 올려 주~지."

못된 삼촌의 그 자세 그대로.

카이가 분에 못 이겨 입술을 깨물었다.

"……."

"싫으면 죽든가."

그 말에 카이의 머리카락이 분노와 짜증으로 곤두섰다.

"죽을래!"

그러고는 티스의 채찍을 뿌리쳤다. 한순간이었다. 다시 붙잡을 틈도 없이 카이의 몸이 용암을 향해 처박힌다. 용암에 닿기 직전, 카이의 모습이 빛을 내며 부풀어 올랐다. 다리를 부수며 카이가 거대한 용의 모습으로 날아올랐다.

율케스가 말했다.

"그러고는 티스를 삼켰어. 한입에."

샨의 안색이 새파랗게 질렸다.

"뭐, 뭐어?"

"그리고 한참 있다 도로 토했지."

"토했다고?"

"그리고 다시 삼켰어."

샨은 말문이 막혀서 멍하니 율케스만 바라보았다. 율케스는 정신을 놓은 샨을 상대로 계속해서 이야기를 이어 갔다.

카이는 그렇게 티스를 먹었다 삼키기를 반복했다. 나중에는 티스가 카이를 향해 '아이고, 용신님 살려 주십쇼!' 하고 손이 발이 되도록 빌었다. 카이는 이마를 찌푸렸다.

'뭐야! 사람 고기 하나도 맛이 없잖아! 토 나오는 맛이야.'

결국 둘은 거기서 화해했다. 나는 네놈을 죽일 수 없고, 네놈은 날 먹을 수 없으니 이쯤에서 화해하자는 결론에 둘 다 평화를 찾았다.

샨이 뺨을 긁적였다.

"결론이 이상한데?"

"둘한테는 매우 논리적인 결론인 모양이다."

"그랬구나."

샨은 티스가 고마웠다. 저런 상황이라면 카이의 입 안에서 난동이라도 부릴 법하건만 잠자코 먹혀 주는 시늉이라도 했다는 게 아닌가.

이야기를 들어 보니 카이를 상대로 제대로 실력 발휘를 한 것 같지도 않았다.

게다가 카이도 막상 티스를 먹고 나니 머리가 식은 모양이다. 그래서 이빨질까지는 하지 않은 걸 거고.

둘은 던전 끝까지 내려갔다가 율케스와 함께 귀환했다.

"최하층에서 얻은 물건이다."

율케스가 이불 더미 밑에 대충 나동그라진 물건을 꺼냈다. 톱니바퀴다. 안에 구멍도 뚫려 있고 뭔가 끼울 수 있도록 홈도 파여 있는 걸 보니 커다란 기계장치의 부품 같다. 시험 삼아 손톱에 마력을 담아 긁어 보았다. 흠집 하나 나질 않는다. 거기다가 달의 눈을 뜨고 봤지만 약점도 없다.

전에 에론 형과 갔던 던전에 있던 문과 똑같은 재질이다.

"뭐에 쓰는 물건인지 모르겠네."

"그리고 하나 더."

지팡이다. 나무로 만들었는데도 단단하고 가볍다. 거기다가 끝에 박힌 보석을 제외하고는 온통 흰색이었는데 염료로 칠한 흔적이 없었다. 나무 자체가 이런 색을 띄는 모양이다. 그것도 이런 강도의 나무라니.

"이제는 멸종한 종류의 나무 같아."

율케스가 대답했다.

"내 생각에도 그래."

"그런데 이거, 우리 중에는 지팡이를 쓰는 사람이 한 명도 없잖아. 경매에 내놓아서 돈으로 바꿔야 하나?"

율케스가 대답했다.

"우리 팀 외에 지팡이를 쓰는 녀석이라면 단테스 정도겠군."

샤의 눈이 커졌다.

"단테스?"

"애초부터 봉술에 일가견이 있었으니까. 거기다가 지팡이에 금속 성분이 들어가지 않은 걸 봐서는 정령을 다룰 때 써도 될 거 같은데."

이런 근엄한 지팡이를 들고 다니는 단테스라니. 거기다가 이건 그냥 마법사의 지팡이도 아니고 무슨 대단한 신관이나 사제님이 쓸 법한 고아한 자태의 지팡이가 아닌가.

그걸 마피아 아드님에게 드렸다간 단테스 미래의 사기 전과에 큰 도움이 될 것 같았다.

샨은 살짝 이마를 찌푸렸다.

"이게 분명 단테스에게 필요한 물건인 건 맞는데……."

여러 의미로.

율케스가 담담하게 물었다.

"단테스라면 아무리 비싼 금액을 부르더라도 사 줄 법하다만?"

이제는 없는 재료들로 만든 지팡이다. 아직 라온 교수님께 보여 드리진 않았지만, 이미 카이가 얻은 건틀릿 때의 반응으로 봤을 때 상당한 가치를 가진 물건임이 틀림없다.

단테스, 그런데 단테스라니.

'그 지팡이로 뭔 짓을 할지 생각하니 두려워지는데.'

샨은 화제를 돌렸다.

"일단 라온 교수님께 보여 드리자. 이 톱니바퀴도 다 같이."

샨은 거기까지 결론을 내렸다.

2.

율케스는 라온 교수님께 물건을 건네줬고, 티스는 카이와 이불 빨래를 했다. 샨은 그동안 진흙투성이 바닥을 닦고 정리했다.

티스와 카이는 여전히 투닥이지만 예전 같은 살기는 없다. 못된 삼촌과 까칠한 조카의 느낌 그대로다. 샨 혼자 남아 방을 전부 다 청소하고 나서 티스가 올라왔다.

"야, 밖에서 네 형이 부른다."

"결계는?"

샨의 질문에 티스가 답했다.

"에녹 교수님 아직 결계 안 올리셨어. 만나 보려면 지금 만나 봐. 나중에 결계 복구한 뒤에 만나려면 귀찮아진다."

샨은 청소용 나무 슬리퍼를 신은 채 밖으로 뛰어 나갔다. 나무 밑창이 다각거리는 소리에 아르고 형은 샨을 돌아보았다.

“왔습…… 옷 꼴이 그게 뭡니까?”

샨은 다급하게 늘어진 셔츠를 어깨 위까지 끌어 올렸다.

“청소하다가 뛰어 와서.”

“아무리 그래도 그렇지 이건 너무하잖습까. 소매의 올이 다 나갔네.”

아르고 형이 다른 건 몰라도 패션에 관해서는 누구보다 민감하지 않았던가. 예전에 아버지가 10박 11일 무일푼, 무보급으로 입산 수련 시킬 때도 곰을 때려잡아 곰 가죽으로 코트 만들고, 파프니르라고 불리는 그 산의 주인격 몬스터를 잡아다가 그 가죽으로 바지를 만들었다.

당시 파프니르 가죽을 벗기던 아르고 형의 모습은 아버지께서 적을 앞에 두고 일전을 벌이기 직전의 무념 상태보다도 더욱 고요했다고 한다.

물론 목숨 내놓고 대형 몬스터 파프니르를 잡을 때보다도 더욱 집중했음은 물론이다.

그랬다. 이 남자에게 있어서 패션이란 자신을 표현하는 도구를 뛰어넘어 자기 자신, 그 자체였다.

“제가 50일 동안 항해 나갔을 때도 이것보다는 나았습다.”

"미안해. 형."

"따라 오십시오. 밥 먹는 건 사람 몰골을 갖춘 후로 미루도록 하죠."

그 말은 앞으로 4시간은 밥 먹을 생각을 하지 말라는 뜻이었다.

아르고 형은 시내에 도착하자마자 털썩 주저앉았다.

"맞다. 이 동네 방학 중에 다 닫잖슴까."

샨은 어색하게 웃었다. 학생들이 주 수입원인 곳이니 학생들이 없는 방학 중에는 가게를 운영해 봐야 인건비도 안 나온다. 당연히 방학 동안에는 그냥 닫아 놓는다.

"그냥 기본적인 옷이라면 파는 곳이 있는데."

"거긴 안 됩니다. 글러 먹었슴다."

이미 오기 전에 한 번 갔다 와 본 모양이다. 고민하던 아르고는 이윽고 손을 탁 쳤다.

"아우님, 여기가 안 되면 다른 마을로 가면 되는 거 아님까?"

이러나저러나 오늘 안에 옷을 사지 않으면 안 되는 모양이다. 그러나 이 시기에 열차는 하루에 한 번 배차될까 말까고, 옷 한 벌 사자고 말을 타고 달리기에는 거리가 너무 멀다.

아르고가 검지를 치켜들었다.

"카이가 있잖습까! 날아가면 되죠."

그…… 그렇구나! 그런데 카이가 순순히 가겠다고 할까. 아니, 그 전에 샨 외의 다른 사람에게 등을 내줄지도 걱정이다.

예전에도 고집이 센 편이었지만 성룡이 된 카이는 더욱 호락호락하지 않은 존재가 되었으니까.

3.

샨의 우려와는 달리 카이는 순순히 오케이를 했다.

"빨래하기 싫었거든. 거기다가 아르고는 나한테 맛있는 걸 많이 줬으니까."

카이가 어렸을 때 유일하게 카이 기르는 걸 반대하지 않은 게 아르고였다. 거기다가 샨과 카이가 아르고 상단에 갔을 때도 항구에 들어오는 각종 산해진미들을 맛보게 해 줬다.

"이게 카이라고?"

정작 아르고 형은 카이의 변한 모습에 몹시 놀란 눈치다.

"드래곤은 성룡이 되면 어릴 때와 완전히 달라지거든."

"이건 거의 인간이잖아? 뿔 달렸다는 것만 빼고는 사람과 구분이 안 갈 정도야."

카이가 자신의 뿔을 도로 집어넣었다.

"얍!"

뿔이 쏙 들어간다. 아르고 형이 다시 경악했다.

"그냥 인간 맞잖아!"

그렇게 소리 질러 놓고는 그제야 자신이 존칭으로 말하지 않았다는 걸 깨달았다. 헛기침을 한참 하더니 다시 말을 고쳤다.

"이건 사람이잖습까."

어떻게든 거리를 벌려 보려는 모양이다. 샨은 그냥 작게 웃음을 터뜨렸다. 아르고 형은 아르고 형이다. 그 사실은 변하지 않는다.

샨이 아르고 형을 속였다 하더라도 그걸로 멀어질 만큼 나약한 관계가 아니었다.

'바보다. 난…… 바보야. 정말 바보.'

카이가 물었다.

"그럼 마마, 지금 용으로 변신하면 돼?"

"응. 잘 부탁해."

샨 자신도 카이의 본체를 보는 건 이번이 처음이다. 가슴이 두근거려 주체할 수가 없었다. 카이는 손으로 땅을 짚고 짐승처럼 엎드렸다. 카이의 마력이 부풀어 오른다. 빛이 카이를 감싼다. 눈이 부셔서 샨은 손으로 빛을 가렸다.

손가락 사이로 보이는 실루엣이 점점 더 커져 간다. 엷게 물고기 비늘 냄새가 났다. 비린내는 아니었다. 빛이 사라지자 그곳에는 집 한 채보다 거대한 용이 서 있었다.

『마마!』

인간의 성대가 아닌 텔레파시로 머릿속에 직접 말을 걸고 있다. 아르고가 입을 쩍 벌렸다.

샨은 그제야 카이가 했던 말들이 거짓이 아님을 깨달았다.

그 넓은 라온 교수님 연구실이 터질까 봐 변신을 하지 않았다는 말이 한 톨 과장 없는 진실임을 깨달았다. 그리고 또 한 가지.

"그래, 이 크기면 티스를 먹었다 뱉었다 할 만하지."

샨의 말에 아르고 형이 재차 또 경악했다.

"티스를 먹었단 말임까! 진짜 보고 싶네, 그거. 왜 안 씹었슴까?"

대놓고 아쉬워한다. 카이가 말했다.

『먹으니 시궁창 맛이 나는데 그걸 씹으면 시궁창 육즙이 흘러나오잖아.』

"논리적으로 완벽하군. 브라보!"

아르고 형은 깊은 감명을 받았는지 눈물 맺힌 눈으로 박수까지 쳤다.

샤과 아르고 형이 올라타자 카이는 몇 걸음 도움닫기를 한 후 바로 날아올랐다.

"신기하네. 용이 커지니 안장도 같이 커지는 건가?"

샤의 말에 아르고 형이 답했다.

"그거 괜히 비싼 거 아닙니다. 이 정도 마법은 보통 걸어놓거든요."

그렇구나. 하긴 전에 우연히 가격표를 볼 일이 있었는데 눈 돌아가게 비쌌다. 어지간히 큰 가게도 두 개 이상은 잘 갖다 놓지 않는다고 한다. 보통은 주문 제작 하지.

카이가 한 번 날갯짓을 하자 구름 위까지 날아올랐다. 추워지자 샤은 카이의 마력을 끌어 모아 가벼운 온기 마법을 사용했다.

"이제는 마법도 곧잘 사용하는군요."

"응, 나도 많이 성장했으니까."

"학교에 보낸 일은 두 번 생각해도 참 잘한 일이었음다. 에론 형이야 아버지와 싸워서라도 말렸어야 했다고 하지만, 제 생각에는 그렇슴다. 아마 그곳에 가지 못했다면 아우님은 그 자리에 그대로 있었겠죠."

그 점에 관해서는 늘 고맙게 생각하고 있다. 아르고 형이 물었다.

"힘들지 않았슴까?"

"힘든 일도 있었지만, 그만큼 좋은 일도 많았어."

"그거면 됐슴다. 사나이가 되려면 먼 곳으로 가야 함다. 넓은 곳으로 가 봐야죠. 세상의 깊이를 알아야 자신의 깊이를 아는 법임다."

형은 아직도 화가 났을까? 아니면…….

샨은 망설이다가 입술을 열었다.

"미안해. 형."

"진실을 말해 줄 생각이 들었슴까?"

그 말에 샨은 대답을 하지 못했다. 바보 같다고, 샨 안의 또 다른 샨이 책망한다. 망설이고 망설이고 그렇게 한참을 삼키고 삼킨다.

결국은 힘겹게 운을 뗐다.

"형이 믿어 줄지는 모르겠어. 듣고 내 편이 되어 줄지도 모르겠고."

"나는 언제나 아우님 편임다."

과연 그럴까. 알테리온은 에론 형을 선택했는데?

'하지만…… 그래, 그래도 믿는 수밖에.'

샨은 잠시 이성의 눈을 가린다.

"긴 이야기가 될 거야."

이제는 정말 나아가는 수밖에.

4.

꽤 긴 이야기가 이어졌다. 중간중간 놓쳤다 싶은 곳은 아르고 형이 짚어 되물었다. 샨은 최대한 자세하게 설명했다.

아르고 형은 손으로 턱을 가리고는 한참을 생각에 잠겨 있었다. 그러고는 이윽고 말을 꺼냈다.

"그래서 아우님은 던전을 다니는 검까?"

"응."

"그렇다면 에론 형은 완전히 알테리온 소드의 주인이 된 거고?"

"화상이나 그런 건 전혀 없었어. 오히려 알테리온 소드의 잠재 능력을 마음껏 방출하고 있더라고."

"일 났네."

아르고 형은 툭 반말을 내뱉더니 뒷머리를 벅벅 긁었다.

"그런데 말임다. 아우님, 나 어쩐지 아우님의 고민을 해결해 줄 수도 있을 거 같지 말임다."

"응?"

샤의 질문에 아르고 형이 웃었다.

"아직 확실치는 않습다. 나야 마법에 대해 잘 모르지만 잔머리는 좀 되지 않습까."

샤이 고개를 끄덕였다. 아르고 형이 말을 이었다.

"세상에는 빚을 갚는 방법이 여러 가지 있습다. 보통은 가정이 파탄 나는 결말이 많지만 드물게 빚을 상환하는 경우도 있긴 하죠."

"뭐든 좋으니 말해 줘. 형."

"연대 보증이라고 들어 보셨습까?"

그 말에 샤의 얼굴이 새파랗게 질렸다.

"연대 보증은 친구가 아니라 친형제도 들지 말라고 하는 매우 위험한 거잖아!"

그 말에 아르고 형이 씨익 사악한 웃음을 흘렸다.

"물론 그렇지요."

적어도 돈 이야기에 관해서는 아르고 형을 따를 자가 없었다.

이야기가 끝난 후에 샨은 한참 동안 깊이 생각에 잠겼다. 아르고 형이 물었다.

"괜찮습까? 마법에 대해서는 문외한인지라 그냥 아이디어만 낸 거고 실제로 가능할지는 모르겠는데."

"솔직히 직접적으로 도움은 안 됐어. 아무래도 너무 동떨어져 있고."

그 말에 아르고 형이 머리를 긁적였다.

"역시 그렇습까."

"하지만, 응. 형의 말을 듣고 나니 나도 떠오른 게 있어. 여기에 이론을 좀 더 보충하면……."

샨은 허공을 보며 복잡한 수식들을 중얼거렸다. 카이의 오드아이 눈동자가 샨과 똑같은 빛으로 물든다. 이윽고 샨이 말했다.

"고마워, 형. 큰 도움이 되었어."

"뭐가 뭔지."

형은 턱을 괴고는 한숨을 포옥 쉬었다. 샨이 물었다.

"그래서 형은 누구의 편으로 들어갈 거야?"

"누구 편이긴요. 저는 제 편입다."

"그거야 맞는 말이지만……."

"제 의지로 아우님을 도와드리도록 하겠습다. 그런데 이야기를 들어 보니 에론 형의 말이 더 맞아 보이기도 하고. 음, 리오 형이라면 모를까 아버지에게는 말하지 마십쇼. 아버지는 아마 반드시……."

"……에론 형의 의견에 동조하겠지."

샨의 말에 아르고는 무겁게 고개를 끄덕인다.

"저래 보여도 오랜 시간 동안 인류를 수호해 오셨습다. 어떻게 좋은 일만 할 수 있겠습까. 거기다가 알테리온 소드는 아버지를 택했다고요. 뭐, 그때는 비록 가주를 통한 승계식을 제대로 거쳤지만 말이죠. 전성기 때는 알테리온 소드의 100%를 다 끌어냈다고 하니, 아마 크게 다르진 않을 겁다."

그 말은 즉, 알테리온 소드와 아버지는 통하는 부분이 있다는 거고 그 알테리온 소드가 에론 형을 택했으니 에론 형과 아버지 역시 통하는 곳이 또 있다는 거다.

샨이 물었다.

"리오 형은 어떨까?"

아르고는 생각에 잠겼다. 집으로 돌아가니 리오 형과 한 어린 소녀가 함께 있었다. 자세한 내막은 듣질 못했지만 에론 형의 눈치로 봐서 그녀는 달갑지 않은 손님일 게 분명하다. 그럼에도 리오 형은 그녀를 데려온 거고.

그녀는 아마 리오 형을 좋아할 거다. 이성적인 의미에서 사모하고 있을 거다.

이런 분야의 감에 관해서는 아르고가 틀린 적이 없는지라 더욱 그렇다.

리오 형 평생에 한 번 있을까 말까 하는 봄날이 온 셈이다.

"그냥 말하지 마십쇼. 긁어 부스럼입다."

"하긴 리오 형까지 에론 형에게 동조하면 그건 그것대로……."

"아니 뭐, 그런 의미도 있지만…… 그냥 말 안 하는 게 좋지 싶습다."

뭔가 속뜻이 있는 듯한 말이었지만 샨은 그냥 넘어가기로 했다. 지평선 너머로 도시가 보인다.

"메이플클락 영지죠. 아우님은 한 번도 가 본 적 없죠?"

신기하다. 그동안 먼 곳을 그렇게 많이 다녀 봤는데 바로 옆에 있는 도시는 한 번도 가 볼 일이 없었다니. 샨이 고개를 끄덕였다.

"작년까지만 해도 다른 가문 소유의 영지였는데, 올해부터는 바스커빌 가문의 소유입니다. 아, 그래도 이쪽은 영지전 여파가 미치지 않아서 괜찮습다."

영지전이라는 말에 샨의 얼굴이 어두워진다.

바스커빌이라면 지젤 바스커빌이 있는 가문 소유라는 뜻.

카이가 영지 한복판에 도착하자 모든 이들이 쳐다본다. 영지 안에 내려섰다가는 근위병들이 달려올 것 같아서 샨은 카이의 목을 두드려 성 밖에 착지했다.

카이가 원래 모습으로 돌아오기가 무섭게 바스커빌 가문 문장을 단 경비병들이 왔다. 아무래도 적습인가 싶어서 온 모양이다. 드래곤, 그것도 이런 대형 드래곤들은 군사용으로 많이 쓰이니까.

"괜찮습다. 잠시만요."

아르고 형이 달려가서 상단 패를 꺼내 보여 준다. 뭔가 한참 이야기를 나누다가 아르고 형이 은화 몇 닢을 손에 쥐여 주자 경비대가 고개를 끄덕였다. 아르고 형이 환한 미소로 말했다.

"보내준대!"

그렇군. 뇌물이었군.

눈치를 보니 드래곤과 함께 성에 들어갈 때 필요한 여러 가지 절차들을 매우 간소화시켜 주는 그런 의미의 금전인 모양이다.

'괜찮은 거냐. 이 영지.'

뭐, 바스커빌 가문이 알아서 잘 하겠지.

5.

안으로 들어가니 학교 시즌 때보다 더 많은 사람들이 거리를 꽉 매우고 있었다. 영지 한가운데로 강이 흐르고 있는데, 바다로 이어지는지 무역선들이 오갔다.

"여기라면 괜찮은 옷을 구할 수 있겠습다."

그렇다는 말은 쇼핑 시작이라는 뜻. 샨은 작게 한숨을 쉬며 앞으로 있을 긴 강행군에 대비했다.

해가 진다. 배가 고프다.

저녁노을을 타고 빵 굽는 냄새가 밀려왔다. 그러나 아르고 형은 쇼핑을 멈추지 않았다. 애초에 남성복보다 여성복이 더 많은 이곳에서, 맞춤도 아닌 기성복을 샨의 옷 사이즈로 구한다는 게 쉽지 않다. 거기다가 까다로운 아르고 형의 취향까지 만족시킬 수 있는 걸 찾자니 갈 길이 험난하다.

카이가 배가 고프다 징징대자 길거리 음식을 사서 양손에 쥐여 주었다. 하지만 그건 카이니까 괜찮은 거고. 샨 입장에서는 전혀 다르다. 일단 양손에 짐이 쌓여 간다.

체력이 바닥난 지는 오래.

정신력으로만 버티고 있다.

산다는 건 힘든 일이다.

"형, 이 정도면 충분하지 않을까?"

"이제 신발만 알아보면 됩다. 아마 사이즈가 문제일 텐데, 이건 맞춤으로 주문하도록 하죠. 사람을 시켜 우편으로 보내도록 하겠습다. 아, 겸사겸사 카이의 신발도 구매하겠습다."

"카이 옷도 이미 많이 사지 않았어?"

"무슨 소립니까. 많은 게 아님다. 이렇게 많이 사도 내년이면 입을 옷이 없어요."

"하아."

오늘 안에 돌아가는 건 글렀다.

역시나 샨의 예상대로 신발가게에서 구두를 맞추고 나

니 해가 저물어 있었다.

"이 정도면 충분해. 돌아가자, 형."

"신발 두 켤레 정도는 내일까지 맞춘다 하던데요? 지금 카이가 신고 있는 신발 율케스에게 빌린 거 아닙까. 하루 머물다 가죠."

"……."

사람으로 인형 놀이 하는 건 이서린뿐이라고 생각했다. 그런데 여기 하나 더 있었다. 사람으로 인형 옷 놀이 하는 자가.

그때였다. 경비대가 다급하게 달려오는 소리가 들렸다.

"거기 서시오!"

결국 아르고 형이 뇌물 줬던 게 들통 났단 말인가? 샨은 불안한 마음에 아르고 형을 곁눈질했다. 그러나 아르고 형은 얼굴에 철판을 깔고 한 치의 부끄럼 없이 말했다.

"무슨 일이십까?"

"거기 혹시 샨인 알테리온이라고 하는 자가 있소?"

아르고 형이 샨의 앞을 막아선다.

"무슨 일이십까?"

그때 어마어마한 굉음을 일으키며 분홍색 드레스가 이쪽을 향해 맹렬하게 질주하는 게 보였다.

"샨, 샤아아아안!"

지젤, 지젤 바스커빌이었다. 샨의 눈이 커졌다.

"지젤, 이 영지에 와 있던 거였어?"

"방학 중이라. 아버지께서 후계자들에게 영지 수업을 시키거든. 보통 영지가 큰 순서대로 장남부터 돌아가는데 여기는 가장 최근에 점령한 곳이기도 하고 내 공이 커서 가질 수 있었지."

샨이 고개를 끄덕였다.

"여기는 영지전 타격을 별로 안 받은 곳이라며?"

"응, 무역도시다 보니 그만큼 주의를 기울여야 했거든. 고생 좀 했어."

그녀는 개구쟁이처럼 웃었다. 신기했다. 학교라는 사회에서는 모두가 학생이라는 이름으로 똑같은 위치였다. 하지만 학교 밖을 나가니 벌써 이렇게 격차가 벌어진다. 가문과 위치에 따라서.

샨이 말없이 생각에 잠기자 지젤은 당황한다.

'역시 여자애가 전쟁 이야기 하는 건 좀 경망스럽나?'

바스커빌 가문조차도 원래는 여성이 영지 일이나 전쟁 일을 맡는 걸 금기시했다. 이제야 여성의 몸으로 영주의 자리에 오르는 사람들이 하나둘 생기기 시작했다곤 해도 그건 극소수.

조신한 여자와 싸움 잘하는 여성 중에서 누가 더 신붓감으로 선호되냐고 하면 당연히 전자다.

지젤의 걱정과는 별개로 샨은 다른 생각에 잠겼다.

'인간이 사라지지 않는 한 전쟁이 없어지는 일은 없겠지?'

어쩌면 황제 폐하께서 나서 준다면 적어도 크고 작은 영지전이라도 없어지지 않을까. 그것만으로도 고통은 훨씬 줄어들리라.

그러거나 말거나 지젤은 풀이 죽어서 중얼거렸다.

"샨, 미안해. 내가 말실수를 했나 봐."

"응? 아냐. 아냐! 전혀 신경 쓰지 마."

아르고는 그런 지젤과 샨을 번갈아 보더니 방긋 웃었다.

"안녕하세요. 지젤 바스커빌 영애. 아르고 알테리온이라고 합니다."

예를 갖춘 인사에 지젤은 치맛단을 들어 인사했다. 그때 지젤 뒤에서 누군가가 걸어 나왔다.

"고릴라가 어딜 달려갔나 했더니 여기였군."

크롬이다. 샨이 깜짝 놀라 손을 흔들었다.

"어, 크롬! 무슨 일이야?"

"아버지 심부름. 실상은 지젤과 잘해 보라는 뜻이겠지만."

크롬의 아버지 입장에서야 샤이린을 허락할 수 없을 테니까.

샨 입장에서도 허락할 수는 없다. 그녀는 존재하지 않는 허구의 존재니까.

지젤이 샨과 크롬을 번갈아보더니 시뻘게진 얼굴로 소리쳤다.

"샨, 오해하지 마! 나는 쟤랑 아무 일도 없어! 아무 일도 없을 거고! 앞으로도 계속 아무 일도, 아무 일도 안 생겨!"

왜 저리 '아무 일도' 라는 말을 반복하는지 샨은 이해할 수 없었다.

그저 아르고만 뭔가 눈치챘는지 의미심장한 웃음을 흘릴 뿐이었다.

"두 분께는 죄송하지만 저희는 이만 자러 가 보겠습니다. 날이 너무 어두워졌거든요."

지젤이 다급하게 말했다.

"우, 우리 성에 머물러! 응, 샨? 그러자!"

크롬이 팔짱을 낀 채 삐딱하게 서서 말했다.

"그래라. 나도 한동안 여기 머물다 가야 하는데 심심해

죽겠다."

6.

성 안에는 지젤의 형제자매들은 보이지 않았다. 지젤 말대로 지젤 혼자서 이 성을 경영하는 모양이다. 사실상 영주는 지젤 바스커빌 혼자다. 영지민들 입장에서야 자신의 성을 점령한 적인 데다 어린 여자아이이니 얕보일 만도 하건만 그런 기색은 전혀 보이지 않았다.

거대한 대식당에는 지젤, 크롬, 그리고 샤과 카이, 아르고 형 다섯 명이서만 있었다.

조용한 식당에 나이프 긁는 소리만이 울렸다.

이윽고 크롬이 말했다.

"너 영지 말아먹을 거다."

그 말을 듣기가 무섭게 지젤이 나이프로 접시를 부쉈다. 나이프에는 검기가 서려 있었다. 지젤이 물었다.

"호호호, 뭐라고 그랬어. 다시 말해 볼래?"

"너 영지 말아먹을 거라고."

"내 카리스마는 완벽해. 영지 내에 날 얕보는 이는 하나도 없어."

크롬이 말했다.

"그래도 넌 말아먹을 거야."

와, 분위기 정말 안 좋다. 샨은 음식을 먹는다기보다는 씹어서 삼키는 행위를 반복했다. 배라도 고프지 않았다면 박차고 나갔을 거다.

크롬이 짜증 나는지 통명스럽게 말했다.

"아, 됐어. 니 마음대로 해. 영지 한두 번 말아먹어 봐야 깨닫는 것도 있지."

"이유를 대라고. 이유를!"

"귀찮아. 내가 왜 너한테 설명씩이나 해야 해. 문제 있다고 말해 줬음 그만이지."

"지금 너 시비 거는 걸로밖에 안 보이거든!"

둘이 싸우는 걸 한참 지켜보다 카이가 갑자기 여성의 모습으로 변했다.

"마마, 나 가슴 테이블 위에 올라간다."

카이가 커다란 양 가슴을 테이블 위에 얹어 놓는다. 한순간, 샨을 제외한 모든 남자들의 시선이 카이의 가슴에 집중된다. 어쩔 수 없다. 이것은 만유인력, 정확히는 만유(乳)인력이니까.

크롬이 물었다.

"마마……라니?"

생각해 보니 가장 중요한 설명을 잊었다. 샨이 테이블에 가슴을 비비며 '뿌잉뿌잉' 입으로 소리를 내는 카이를 억지로 일으켜 세웠다.

"카, 카이야. 성체 진화했어."

크롬의 눈이 커진다. 지젤은 놀라서 포크를 떨어뜨렸다. 카이가 지젤을 가리키며 말했다.

"마마, 내가 재보다 가슴 크다. 뽀잉뽀잉!"

샨이 벌게져서 카이의 양손을 붙잡았다.

"내가 가슴 가지고 장난치지 말라고 했지! 그리고 평상시에는 남성체로 있다가 왜 갑자기 여성체로 변한 건데?"

카이가 말했다.

"재 마마를 노리고 있을지 모르잖아. 마마는 내 거라는 걸 가르쳐 줘야지."

지젤이 비명을 질렀다.

"무, 무, 무슨 소리를 하는 겁니까! 카이 구우우운!"

크롬이 말을 막았다.

"말도 안 돼. 벌써 성체 진화를 마쳤다고? 아니 그전에, 인간의 모습으로 남성체와 여성체를 전부 자유롭게 변신한다고?"

아, 아무래도 설명할 게 많다. 카이는 샨에게 양팔이 붙잡힌 채로 몸을 좌우로 움직이며 보란 듯이 가슴을 흔들었다.

"나 봐라! 이거 엄청 흔들린다!"

샨이 비명을 질렀다.

"하지 마. 하지 마! 카이, 카이!"

아아, 왜 수치심은 주인 몫이란 말인가.

7.

카이가 난동을 부리는 터라 결국 제대로 된 설명은 하나도 하지 못했다.

'역시 의식하고 있는 거겠지.'

전투에 유리한 남성체가 편하다고 하면서도 지젤 앞에서는 부득불 여성체로 돌아간 이유야 뻔했다. 아무리 샨이 정신적 고자라 하더라도 이쯤 되면 모를 리가 없다. 아니, 모르고 싶어도 카이가 직접 본인 입으로 말하고 있지 않나.

"마마가 다른 암컷과 친해지는 게 싫어."

"이서릴 말고 다른 여자들도?"

“응, 모든 암컷이 접근하지 말아 줬으면 좋겠어.”

혼삿길이 물 건너가는 소리가 들렸다. 그 증거로 지젤은 눈물을 흘리며 밖으로 뛰쳐나가지 않았나. 지젤이 뛰쳐나간 정원에서 물건 부서지는 소리와 ‘X발, 용 새끼이이이이!’ 하는 지젤의 히스테릭한 고함 소리가 울려 퍼진 건 그 직후였다. 초토화된 정원을 바라보며 샨은 쓴웃음을 삼켜야 했다.

이 상황을 어떻게 해석해야 하는지 모르겠다만, 지젤이 몹시도 모욕적으로 받아들인 건 사실이다.

‘아아, 모르겠다.’

세계에 대해 고민하고, 친형에 대해 고민하며, 하루 종일 쇼핑한 끝에 식당에서 깽판을 부리는 드래곤 한 마리를 수습했다. 이게 전부 오늘 하루 사이에 벌어진 일과다.

지젤까지 신경 쓰기에는 정신적으로 너무 피곤하다.

“오늘은 목욕 안 해. 안 할 거야!”

거기다가 온 힘을 다해 저항하는 2미터짜리 인간 드래곤을 욕탕에 끌고 갈 힘도 없고.

“그래, 하지 마. 나도 그냥 대충 씻고 잘래.”

메이드의 인도에 따라 지친 몸을 질질 끌고 가는 게 할 수 있는 전부다.

대욕탕에 도착하니 아르고 형이 먼저 탕에 누워 있었다.

"어, 왔슴까?"

샨은 고개를 끄덕이고는 샤워기를 틀었다. 오늘 내내 땀을 흘렸으니 가볍게 씻기만 하고 돌아갈 요량이다.

"탕 안 들어감까."

"응, 안 해."

"그래도 들어오지?"

갑작스러운 반말에 샨의 손이 멈춘다. 형의 강권에 결국 샨은 비척비척 탕으로 들어간다. 알테리온가 남자들은 전부 목욕을 좋아한다.

그도 그럴 게 본가에서는 난방도 제대로 틀어 놓지 않는 터라 언제나 찬물에 목욕해야만 했다. 심지어 날 따뜻한 여름에는 아예 집 안에서는 목욕을 금지시켜 버리고 그냥 계곡 가서 씻고 오라고 할 때가 많았다. 그나마 샨이 목욕할 때나 겨우 물을 데운다. 찬물에 목욕했다가 폐렴으로 죽을 뻔한 적이 있기 때문이다.

그러다 보니 알테리온가 삼형제는 모두 뜨거운 물을 좋아한다.

특히 공짜 뜨거운 물을 굉장히 좋아한다.

아르고 형은 고개 바로 아래까지 몸을 담그고는 온수를

온몸으로 즐기는 중이다.

샨은 탕에 엄지발가락을 담근다.

'…….'

말도 못 하게 뜨겁다. 아르고 형이 말했다.

"모자름까? 온도 더 올릴까요?"

이 이상 온도가 올라가면 슬슬 화상 단계로 접어들지 않을까. 그 전에 지금 수온도 목욕용 탕인지 육수 내는 탕인지 모를 정도의 온도인데.

"부탁이니까 온도기에서 손 떼 줘. 형."

샨은 그렇게 말하고는 과감하게 허리까지 푹 담근다.

어차피 뜨거울 거라면 한 방에 익숙해지는 게 낫다.

"쉬다 가. 이거 몸 못 풀면 근육통 생긴다? 비행할 때 중심 잡는 게 얼마나 근육 혹사시키는 일인데."

형은 아직도 어릴 때의 샨만 생각한다.

그래도 그 관심이 싫지 않았기에 말없이 앉아 눈을 감았다. 그때 욕실 문이 벌컥 열렸다.

크롬이 옷을 입은 채로 들어왔다.

"야, 너 네 드래곤에 대해서 나한테 설명해 줘야지. 한참 찾았잖아."

"욕탕에 들어왔으면 옷을 벗으십시오, 크롬 마이어하트

군. 배운 분이라더니 욕탕 예절을 전혀 모르시네."

"거래처에게 이 따위로 구는 건 댁밖에 없을 거요. 아르고 알테리온 씨."

그렇긴 하다. 아르고 형과 크롬은 상단 계약까지 한 사이고, 엄연히 말하면 마이어하트 가문은 갑이고 아르고 형의 상단은 을이니까.

그러거나 말거나 아르고 형은 흥얼거리듯 나른하게 대답했다.

"욕탕에 왔으면 목욕을 즐겨야지. 왜 굳이 일까지 끌고 오시나그래. 참 멋없는 사람이네."

그 말에 크롬이 이마를 찌푸렸다.

"다른 사람과 목욕하는 문화 자체가 이해가 안 가는군."

"그거야 대욕탕을 혼자 독차지하시는 부잣집 도련님 논리고."

평소라면 이쯤에서 중재를 했겠지만 지금은 너무 피곤하다.

'그래 뭐, 사업까지 같이 하는 사이니 큰일이야 나겠어.'

될 대로 되라지 싶어서 그냥 욕탕 안에서 정신을 놓는다. 막상 말릴 줄 알았던 샨이 아무것도 하지 않고 있자 두 사람은 헛기침을 하며 알아서 물러난다.

“커흠, 그래서 나가서 기다릴 겁니까? 들어올 겁니까.”
“음. 흐음, 큼, 안으로 들어가도록 하지.”
그래, 진작 이럴 걸 그랬다. 어차피 돈 오가는 사이, 미우나 고우나 일하려면 봐야 하는 관계 아니던가. 앞으로는 그냥 내버려 둬야겠다.
카이와 티스도 내버려 두니 알아서 수습해 오지 않았나.
‘그동안 내가 해 왔던 노력들은 뭐였을까.’
인생의 무상함을 느낀다. 크롬은 옷을 벗었다. 잘 잡힌 등 근육에는 흉터 하나 없었다. 치명적인 상처로 뒤덮였던 티스와는 정반대다. 아르고 형의 말대로 곱게 자란 도련님, 그러나 꽉 짜인 근육은 그가 얼마나 끊임없이 노력해 왔는가를 보여 주었다.
‘두 개를 합치면 곱게 자란 노력파 도련님.’
만약 이 세상 사람들에게 다른 사람과 몸을 교환할 수 있는 티켓을 나눠 준다면 크롬의 경쟁률이 가장 치열할 거다. 너도나도 크롬이 되고 싶어 할 테니까.
‘정작 티스는 싫어하겠지.’
티스라면 혼자서 가문을 모두 물려받아야 하는 크롬보다는 어딘가의 눈에 띄지 않는 평민과 교환할 거다. 그리고 평생 방랑자가 되어 삶을 즐기겠지.

둘 다 공통적으로 제국에서 손꼽히는 로열 블러드를 물려받았으면서 왜 이토록 삶이 다른 걸까.

크롬은 안으로 들어오려다가 아르고 형에게 제지당했다.

"더러운 몸으로 들어오지 마십쇼."

"지금 누굴 보고 더럽다고……."

"샤워기 있잖습니까?"

크롬은 이를 부득부득 갈며 물로 대충 씻고는 탕 안으로 들어왔다.

"미지근하군."

"저와 의견이 같군요."

둘 다 초열탕파인 거냐. 샨은 웃음기 없는 표정으로 진지하게 말했다.

"크롬, 온수꼭지에서 당장 손 떼."

"왜? 물이 좀 식은 거 같은데."

"그거 돌리는 순간 나는 너에게 남탕 친구로서 절교를 선언한다."

샨의 차갑고 엄숙한 선언에 크롬은 손을 뗐다. 아르고 형은 굉장히 아쉬운 표정을 지었다.

"그나저나 카이에 대해 들을 게 남은 거 같은데?"

그걸 듣고자 찾았다고 했지. 샨은 턱을 문질렀다.

어디까지 말해 줘야 하나. 그러나 거짓말을 하기에는 샨의 상상력이 지나치게 빈약하고, 적당히 말해서 넘긴다고 한들 크롬이 눈치를 못 챌 리가 없다. 그것도 드래곤에 관해서는.

샨이 말했다.

"믿기 어려운 이야기인데 내 말을 전부 믿을 수 있겠어?"

"당연하지. 넌 하나뿐인 친구잖아. 네가 하는 말은 모두 믿어."

"샤이린은?"

"뻔한 거짓말 빼고."

크롬 뒤에서 아르고 형이 설명을 요구하는 표정을 지었다. 그러나 샨은 그런 아르고 형을 무시하고는 바로 직구를 날린다.

"카이가 신룡이래."

"뭐?"

"그러니까 고대 용신들의 후예."

"그……렇군."

샨은 크롬을 시험이라도 하듯 묻는다.

"믿어?"

"그래, 믿어. 납득이야 가지만 의문점도 함께 생기는군.

그렇다면 넌 카이의 알을 어떻게 구한 거지?"

과연 두뇌 회전만큼은 빠르다. 샨이 대답했다.

"비밀이야."

"나한테 못 할 이야기야?"

샨은 잠깐 망설이다가 대답했다.

"내가 샤이린이야. 크롬."

"농담 그만하고, 카이 알을 어떻게 구했는데."

뒤에서 아르고 형이 팔을 벌려 설명을 요구하는 과장된 제스처를 취했다. 샨은 그런 아르고 형을 계속해서 무시하고 크롬에게 대답했다.

"하늘에서 떨어졌어."

"허, 하늘에서?"

"유성인 줄 알고 달려갔는데 거기 드래곤 알이 있었어."

"이걸 믿으라고?"

"응, 나 샤이린 맞아."

아르고 형은 답답해 죽으려고 하는지 물을 첨벙거리면서 더 큰 제스처를 취했다. 샨은 또다시 무시했다. 크롬이 대답했다.

"정말로 드래곤 알이 하늘에서 떨어졌다고? 거짓말이 아니고, 진짜로?"

"그래, 그리고 내가 샤이린이 맞고."

"너는 카이에 관해서는 거짓말할 사람이 아니지. 그렇다면 결국 카이의 부모 용이 누군지는 모르는 거네?"

"응. 그리고 샤이린은 나고."

"골치 아프군. 생각 좀 하고 다시 오련다."

크롬은 머리를 벅벅 긁더니 대충 수건만 허리에 두르고 탕 밖으로 나갔다. 메이드가 비명을 지르는 소리가 들렸지만 크롬은 돌아와 옷을 입진 않았다.

아르고가 물었다.

"재 너 샤이린인 거 몰라?"

아르고 형도 너무 당황했는지 저도 모르게 반말을 꺼냈다.

"응. 그래서 열심히 말하는 중이야."

"나중에는 뒷말은 무시하던데?"

"원래 저 친구는 자기 듣고 싶은 것만 들어. 아, 형. 나 잠깐…… 어?"

샨은 머리를 짚더니 그 말을 끝으로 쓰러졌다. 아르고 형이 놀라서 소리 질렀다.

"샨, 괜찮아? 샨!"

핑 도는 정신 사이로 수도꼭지를 보니 아르고 형이 이미 온수를 틀어 놓고 있었다. 아까 첨벙거리던 게 수도꼭지 돌리려고 첨벙거렸던 건가. 당황하며 사람이 갑자기 쓰러질 만한 온갖 병명을 내뱉는 형을 보며 샨은 마지막 힘을 짜내서 말했다.

"더, 더워……."

그러나 뒷말을 이을 수 없었다. 의식이 어둠 속을 돌았다.

더위 먹었다.

8.

꿈을 꿨다.

주변이 온통 물로 차 있었고, 저 먼 곳에도 수평선만이 아득한 꿈을 꾸었다. 밤하늘, 검은빛을 띤 수면이 잔잔하게 흔들렸다.

세 개의 달이 보였다.

달은 하나지만 달그림자는 셋.

— 처녀, 어머니, 할머니.

여성이 되었다가 창조주가 되고, 다시 죽음이 된다.

— 과거, 현재, 미래.

어딘가에서는 이 세 명의 여신을 이렇게 부른다. 어째서인지 운명의 여신은 반드시 셋이다. 어느 지역에서든 어느 시대에서든 운명은 세 명의 여신으로 나타난다.

— 초승, 보름, 하현.

그것은 모두 달을 나타내는 하나의 일면일 뿐.
달이 차오르고 기우는 모습을 보며 변화하는 여성을 본다.
이 세계가 멸망하고, 언젠가 새로운 세계가 탄생하더라도 달은 늘 그 자리에 있다.
모든 어머니들의 어머니이기에, 우리는 그들을 '영원'이라고 부른다.

— 0은 허무의 수야. 아무것도 없으니까. 그리고 1은 시작의 수지. 모든 것을 시작하는 숫자. 0에서부터 창생하는

자연수. 2는 결합의 수, 사랑의 숫자라고도 불러. 그리고 3은 완성을 뜻하는 수야.

지금 속삭이고 있는 건 누구?

— 그래서 샨, 어째서 영원은 셋인 걸까?

하나이면서 셋인 그들을 바라보며 샨은 생각에 잠긴다.
달이 샨의 눈동자 안에서 맺혔다.

9.

눈을 뜨니 아르고 형이 걱정스러운 눈으로 내려다보고 있었다.
"괜찮습까?"
"으응…… ."
카이가 샨의 목을 꽉 끌어안았다.
"마마! 괜찮아?"
"그냥 더위 먹은 것뿐이야."

"근데 왜 울었어?"

그 말에 눈가를 만져 보니 눈물이 맺혀 있었다. 슬픈 꿈이 아니었는데 왜 울고 있었던 걸까.

샤은 소매로 눈가를 쓱쓱 닦았다.

"그냥 좀 어지러웠나 봐."

"고작 그 정도 온도의 탕을 못 견디고 더위를 먹다니 아우님도 멀었습다."

고작 그 정도 온도라니. 안 당해 본 사람은 모르는 온도다. 애초부터 샤이라면 절대 들어가지 않을 고온탕에 펄펄 끓는 물을 부어 놨으니 화상을 입지 않았던 것만으로도 다행이다.

그때 살갗이 따끔거렸다.

"아, 피부 벗겨지겠네."

"피부가 얇으면 그렇습다. 이 정도면 하급 포션 같은 거라도 발라 두면 괜찮습다."

"형이랑 크롬은 무슨 피부가 악어가죽인가 봐?"

"칭찬 고맙습다. 하하하!"

칭찬 아닌데. 샤은 볼을 부풀렸다.

포션을 얇게 바르고 아침까지 푹 잤다.

아침 식사를 하러 나오니 지젤이 퉁퉁 부은 눈으로 샨을 향해 밝게 웃었다.

"좋은 아침!"

힘찬 인사에 샨도 반갑게 인사했다. 카이는 기다렸다는 듯이 여성체의 모습으로 변했다. 지젤은 굳은 얼굴로 그런 카이를 노려보았지만 그것도 잠시, 다시 활짝 웃음 지었다.

"카이도 좋은 아침이야."

"흥!"

카이가 인사를 무시하고는 고개를 픽 돌렸다. 어젯밤도 그렇고 카이의 태도가 도가 지나치다. 샨은 그런 카이를 혼냈다.

"카이, 우리는 손님이잖아. 그러면 못 써!"

그러고는 지젤에게 대신 사과했다.

"미안해, 지젤. 내가 카이를 잘못 키웠어."

"왜 마마가 사과를 해? 사과하지 마."

"그러면 카이, 네가 직접 사과해."

"윽."

카이는 신음 소리를 내더니 샨과 지젤을 번갈아 바라보았다. 샨이 지젤에게 사과하는 건 싫다. 카이 자신도 지젤에게 사과하는 게 싫다. 하지만 둘 중 하나를 골라야만 한다면 과연 어느 쪽이 더 싫은가, 몇 번을 고민하더니 결국 마지못해 말했다.

"……잘못했어."

샨이 되물었다.

"누가 잘못했는데?"

"내가……."

"똑바로 말해, 카이. 알아들을 수 있게."

"미안해. 내가…… 잘못했어."

지젤의 입에서 웃음이 새어 나왔다.

"쿡."

웃고 있었다. 이 계집은 처음부터 이럴 셈이었다. 그래서 자기도 싫으면서 일부러 카이에게 잘 대해 준 거다. 샨 앞에서 피해자를 연기하기 위해.

'사교장의 기본적인 테크닉이지. 어린 용 새끼는 절대 모르는.'

부들거리는 카이를 무시하고 지젤이 온화하게 말했다.

"괜찮아. 주인을 따르는 건 드래곤의 본능이잖아? 나를 경계할 만도 하지. 개과 동물들도 주인 외에 다른 사람들을 경계하는 게 본능이잖아."

자신을 개와 비교한 셈이다. 카이가 울컥 화를 내려는데 거기까지는 눈치 못 챈 샨이 고개를 끄덕였다.

"응, 카이는 특히 그런 성향이 강하니까 이런 부분은 어쩔 수 없다고 생각해."

아르고만 재미있다는 듯 빙글빙글 웃었다.

'지젤 바스커빌이라고 했나? 한 방 제대로 복수했군.'

메이스의 천재라고 부르기에 꽤나 괄괄한 말괄량이겠구나 생각했는데 제법 정치도 할 줄 안다. 크롬이 말했다.

"나 밥 먹고 이만 갈 테니까 너 영지 망하지 않게 해라. 우리 아버지한테는 삼 일 정도 더 머물렀다고 입 좀 맞춰 주고. 너희 시종들도 입단속 좀 해 놔."

"너랑 나 사이에 무슨 의리가 있어서 맨입으로?"

지젤의 말에 크롬이 눈을 가늘게 떴다.

"그래, 너랑 나랑은 공짜로 무언가를 부탁하고 들어줄 의리는 없지. 뭘 바라는데?"

지젤은 망설였다. 자기 안의 소중한 무언가가 꺾여 버리는 기분이 들었기 때문이다. 그러나 결국 무릎을 굽혔다.

"왜 내 영지가 망한다고 하는 건지 설명해 줘. 분명 들을 필요도 없는 개소리겠지만."

오자마자 제대로 기강도 잡았고, 인수인계도 확실하게 했다. 충성을 바치지 않는 자는 목을 날려 버리고 충성을 서약한 자들에게는 그 자리를 유지시켜 무의미한 인력 소모도 막았다.

모든 서류를 전부 자신의 눈으로 검토했고, 이 영지의 출납계와 조세 관리까지 모두 파악, 더 나은 방향으로 개선했다.

바스커빌 가문의 후계자가 아니라 아버님이 직접 와도 이렇게는 못 하리라 싶을 정도로 철저하게 해 왔다. 여기에는 결코 빈틈이 없으리라 자부했다.

크롬이 말했다.

"귀찮은데 일일이 설명해야 하나?"

크롬은 설명을 싫어한다. 자기는 명령을 하는 입장이고 설명은 아랫사람이 해 왔기에. 하지만 설명을 싫어한다고 해서 서툰 것은 아니었다. 그동안 네반이 도련님의 괴이한 행동에 대해 식솔, 또는 아버지에게 대신 설명하는 것을 봐 왔으므로. 이윽고 그가 말했다.

"너는……."

10.

아침을 먹고 주문한 물건을 받은 후, 지젤은 샨과 아르고, 크롬이 떠나는 걸 봤다.

샨과 아르고는 카이를 타고, 크롬은 자기 드래곤인 플라멜을 타고 날았다. 네반은 그런 도련님을 쫓아 말을 타고 달렸다.

날아가는 드래곤을 말 타고 쫓아간다는 건 누가 봐도 미친 짓이지만, 네반에게는 익숙한 일인 모양이다.

"도련님! 도련님! 같이 가요오!"

분명 노예와 시종과 수호기사는 다른 직업인데, 네반이 곁에 있으니 셋 다 하고 있는 꼴이다. 차라리 옛날 노예를 벌 줄 때처럼 손목을 밧줄로 묶어 드래곤 꼬리에 감고 날아 버리는 게 더 자비롭지 않을까 싶다.

크롬은 그런 네반을 힐끗 보더니, '뭐야, 저 짐덩이는.' 같은 표정을 지었다.

샨이 물었다.

"네반은 안 태워?"

"플라멜 등에 아무나 태우는 줄 아냐."

"나는 태웠잖아."

"넌 친구니까."

햇수로 십 년이 넘는 시간 동안 도련님을 보살펴 온 네반은 오늘도 '아무나' 가 되어 말을 달렸다.

"도련니이이임!"

"아, 시끄럽네."

크롬은 혀를 차더니 플라멜의 고도와 속도를 낮춘다. 귀찮다 귀찮다 하면서도 은근히 신경을 써 주는 게 크롬답다고 샨은 생각했다.

뒤를 돌아보니 지젤이 손을 흔들고 있었다. 샨이 완전히 사라질 때까지 그곳에 서서 배웅할 모양이다.

'고맙네.'

마음이 참 고맙다. 카이가 어제 오늘 지젤에게 했던 신경전을 생각하면 입이 열 개여도 할 말이 없다.

"카이는 지젤이 싫어?"

『응. 정말 싫어.』

카이의 호불호는 분명하다. 아마 이 고집이 쉽게 꺾이지는 않겠지.

"친하게 지낼 생각은 없어?"

『그 여자도 나 싫어할걸.』

한숨이 나왔다. 샨의 생각을 눈치챘는지 카이가 덧붙여 말했다.

『티스 때랑 똑같이 생각하지 마, 마마. 티스는 내가 어릴 때부터 봐 왔던 사람이고, 수컷이야. 내게 있어서는 미운 삼촌이랑 똑같다고.』

“지젤은 남이라는 거지?”

카이가 고개를 끄덕였다.

『응, 생판 보고 싶지 않은 인간 여자지.』

“너는 모든 인간 여자를 싫어하잖아.”

『난 이서릴 같은 암컷 드래곤도 싫어. 마마를 뺏어가니까.』

대체 어쩌다가 이렇게 자란 걸까. 그동안 카이에게 했던 교육 방침 중에서 뭐가 잘못된 걸까. 샨이 한탄을 하자 크롬이 말했다.

“포기해. 저놈은 새끼 때부터 싹수가 노랬어.”

그 말을 듣고 카이가 크롬을 향해 브레스를 갈겼다. 그걸 크롬이 방어막을 펼쳐 막아 낸다.

“어쭈!”

샨이 카이의 목을 잡아당겼다.

“카이, 그만해. 카이!”

11.

지젤은 성문 위에서 두 드래곤의 잔상이 완전히 사라질 때까지 서 있었다. 이제는 완전히 보이지 않을 때까지 거리가 멀어지자 그제야 몸을 돌렸다.

"아가씨."

부축하려는 메이드를 만류한다. 메이드들은 아직도 여느 귀족 영애를 대하듯 지젤을 대한다. 영주에게 이런 행동을 했다면 무례도 엄청난 무례가 되었을 터.

몇 번 혼을 냈을 텐데도 말을 알아듣질 않는다. 그걸 보고 있자니 크롬이 했던 말이 생각났다.

'너는 행정을 너무 몰라.'

크롬이 이렇게 말했다.

'지젤, 너는 행정을 너무 몰라. 행정은 서류로만 이루어지는 게 아니다. 사람과 사람 사이에서 이루어지는 거지.'

문득, 지젤은 성문 앞에 있는 경비병이 뇌물을 받는 모습을 보았다. 보통 사람이라면 제대로 볼 수 없는 거리라고는 하나, 그래도 저 경비병이 영주가 성벽 위에 있음을 모를 리가 없었다.

행동이 익어 보이는 게, 한두 번 해 보는 솜씨가 아니었다.

'통관할 때 돈을 받는 건가? 그렇다면 범죄자들도 쉽게 들여보내 주겠네. 마약밀매상이나 적군 스파이들도……. 잘못 퍼지기라도 하면 영지 하나는 순식간에 끝장나는 것들.'

잘못 퍼질지도 모르는 게 아니라 이미 들어와 있을 거다. 이제 와서 눈치챈 것도 문제지만 찾는 건 더 힘들겠지. 이미 적당히 돈을 받고 들여보내 줬는데, 그러면서 명단도 제대로 안 적어 놨을 테니.

행정 교수님이 그랬다. 뒷골목과 자경대는 적대 관계에서 시작해서 공생 관계로 돌아선다고.

크롬은 이 사실을 눈치챈 모양이다.

"그래, 서류상으로는 다들 전과가 없었지."

다들 모범적으로 근무했다고만 쓰여 있다. 그렇다는 말은 이미 감시를 해야 할 상층도 부패해 있다는 뜻이었다.

"아아, 인수인계만 잘했다고 끝나는 게 아니었구나."

인수인계를 뛰어넘어 개선도 해야 한다. 형식적인 개선이 아니라 그 전의 영주가 하지 못했던 일들을 하나하나 솎아 내지 않으면 안 된다.

"짜증 나."

눈물이 났다.

어젯밤에도 샨 옆에 있는 카이 때문에 밤새 울었는데 또 눈이 붓게 생겼다. 하지만 지젤은 눈물을 참고 억지로 웃었다.

강자는 웃어야 했다. 늘 여유 있어야 했다.

아랫놈들 앞에서 흔들리는 모습을 보여 줄 수는 없었다. 그렇기에 지젤은 걸음을 재촉했다.

Chapter 5

고백, 그리고 고백

1.

넓은 창공 위를 두 마리의 드래곤이 날고 있다. 이미 성룡이 되어 거대해진 카이와 그 옆에서 날고 있는 플라멜이다. 플라멜 역시 대형용에 속하지만 카이의 성장 속도에 비교하면 아직 멀었다.

공기 중으로 습한 바람이 밀려 왔다. 비 냄새가 났다. 이 일대를 어서 벗어나지 않으면 소나기를 한바탕 뒤집어쓰게 된다. 그렇지 않으려면 구름 위로 날아야 하는데, 그렇게 되면 네반 경이 일행을 놓치게 된다.

네반 경은 지금 이 순간도 말을 타고 열심히 그들을 쫓고 있다. 아무리 느긋하게 날고 있다고 해도 드래곤은 말보다 빠를 수밖에 없다. 그런데도 뒤처지진 않고 있다.

말 역시 아직 지치지 않은 모양이다.

은색 갈기에 근육량을 보아 하니 보통 말이라고 생각하긴 어렵고 유니콘이나 페가수스의 혈통을 이어받은 건 아닐까, 샨은 생각한다.

크롬이 말했다.

"그래서 삼 일 동안 신세진다."

크롬의 말에 샨이 대답했다.

"아버지 속이려고?"

"아아, 지젤에게 입단속도 부탁했지만 아버지는 어떻게든 알게 될 거야. 가장 무서운 전개가 뭔지 아냐?"

"뭔데?"

"지젤네 영지에서 진짜로 삼 일 동안 머무는 거지. 그랬다가는 아버지가 별의별 소문을 다 만들어서 퍼뜨릴걸. 결혼하지 않으면 안 될 상황으로 몰아가겠지."

샨은 똘망똘망한 눈으로 크롬에게 말했다.

"내가 샤이린이야, 크롬. 그러니까 넌 안심하고 지젤이랑 결혼해."

크롬이 이마를 찌푸렸다.

"야, 꽃노래도 삼 일이면 질린다. 아무리 농담이라도 그만해라."

아르고 형은 배를 붙잡고 웃기 시작했다.

샨은 일단 물러나기로 했다. 분명 나중에도 또 기회가 오리라. 크롬이 말했다.

"그리고 샤이린이 없다고 해도 지젤은 아니야."

"왜? 예쁘고 똑똑하고, 강하잖아. 그래서 무서워하는 남자들도 있지만 네가 그런 걸 신경 쓸 타입은 아니잖아."

"걔는 나랑 같은 과거든."

무슨 뜻일까. 샨이 되물었다.

"같은 과라니?"

"나랑 지젤이 결혼한다면 분명 자존심 싸움만 하다 끝날 거야. 어느 한쪽이 옳고 그른 걸 떠나서 둘 다 지고 싶어 하지 않으니까. 애초에 정략결혼이고, 그래 뭐, 결혼은 가문이 정한 사람과 하고 사랑은 첩이랑 한다고 하는 놈들도 많긴 하지."

귀족, 그것도 하나의 영지를 다스리는 존재가 되면 결혼 더 이상 개인의 일이 아니다. 가문과 가문의 동맹을 상징한다.

약육강식을 추구하는 제국에서 결혼은 휴전의 상징이자

생존 전략이기도 하다. 사랑 같은 말랑한 감정 같은 게 들어갈 수 있는 틈이 없다.

크롬이 말을 이었다.

"나는 특별하니 그렇게 살고 싶지 않다는 건 아니야. 내 아버지도 그렇게 정략결혼을 했지만 그때 엉겁결에 결혼한 여자가 평생 운명의 상대가 되었지. 그런 드라마틱한 만남도 가능할 거야."

"그런데?"

"그런데 지젤과는 아니야. 단순히 정략결혼으로 만나는 파트너도 되지 못할 거다. 우린 원수가 될 거야."

"그걸 알아?"

샤의 말에 크롬이 단언한다.

"응, 알아."

세상을 살다 보면 어쩔 수 없이 마주치게 되는 같은 극의 인간이 있긴 하다.

그 사람이 싫은 건 아닌데 가까이할 수는 없는, 그런 상대. 샤은 평생 만나 본 적은 없지만 크롬의 말에 고개를 끄덕였다.

그의 친우는 눈은 병신이지만 사람 보는 안목까지 병신은 아니었으므로.

바람이 뺨을 스치고 지나간다.

카이는 기분이 좋은지 낮게 그르릉거리며 눈을 감았다.

샨의 까만 머리카락이 꿈결처럼 바람에 부풀어 올랐다가 흩어진다. 비구름의 경계가 보였다. 저기를 넘어가면 이제 평지다.

그때 문득 크롬이 폭탄을 던졌다.

"거기다가 지젤은 너 좋아하잖아. 너랑 결혼하고 싶어 할걸."

그 말에 샨의 눈이 커진다.

"좋아……한다고?"

샨의 말에 크롬이 더 고개를 갸우뚱한다.

"어, 몰랐냐? 모두 알고 있기에 너도 알고 있는 줄 알았지."

아르고가 작게 한숨을 쉬었다. 역시나 아우님은 전혀 몰랐던 모양이다. 아무리 아르고가 눈치가 좋다고 해도 지젤과는 어제 처음 본 사이 아니던가. 그런데도 바로 눈치를 챌 정도라면 이미 샨의 주변 지인들은 다 알고 있다는 뜻이다.

"지젤이 나를…… 좋아해?"

크롬이 머리를 긁적였다.

"실수했군."

분명히 누군가는 알려줬을 거라 생각했다. 아니, 알려주지는 않았어도 이쯤 시간이 지났으니 본인도 이미 알고 있을 거라고 생각했다.

샨이 말했다.

"미안하네. 지젤에게 정말 미안해."

"어째서? 지젤이 싫어?"

샨이 얼굴을 붉혔다.

"그냥, 기껏 좋아하는 사람이 생겼는데 그게 나 같은 녀석이잖아."

그 말에 카이가 소리를 질렀다.

『마마 같은 녀석이라니! 마마가 얼마나 대단한데!』

샨이 손을 저었다.

"아니, 자책하는 게 아니야. 카이."

아르고는 혀를 찼다. 샨의 그 말뜻을 아르고는 알아들었기 때문이다.

샨은 사랑을 모른다. 아니, 가족애나 전우애, 친우애 같은 것들은 알고 있다. 그러나 남녀의 사랑은 모른다.

그걸 깨닫기에 샨의 삶은 지나치게 척박했다. 학교에 와서도 그랬다.

늘 무언가에 쫓기며 살아왔다. 샨이 말했다.

“내가 아무리 눈치가 없고 바보라도 이거 하난 알고 있어. 나는 아마 좋은 남편은 되지 못할 거야. 좋은 가장도 되지 못할 거고. 정의롭고 착한 사람은 좋은 아버지가 될 수 없어. 영웅은 될 수 있겠지만.”

그 말에 아르고는 샨의 작은 등을 끌어안았다.

“바보냐.”

아버지가 그랬다. 아버지는 영웅이 되기 위해, 이 세계를 지키기 위해 삼 형제를 거의 키우지 못했다.

샨이 태어나기 전까지 아버지는 아들들을 방치해 왔다. 큰 형 리오 정도만 아버지의 얼굴을 기억했지, 에론이나 아르고는 거의 어머니만 보고 자라야 했다.

그런 관계였는데 샨이 태어나고 어머니는 돌아가셨다.

아르고가 머리를 쓸었다.

“착한 사람이 안 되면 되잖아. 네 가족과 네 소중한 사람만 지키면 되잖아.”

샨이 눈을 감았다. 대리석 같은 미간 아래로 긴 속눈썹이 검은 깃털처럼 흔들렸다.

“형은 좋은 아버지가 될 수 있을 거야. 하지만 나는…… 나는 모르겠어. 내가 뭐가 될지. 무엇이 될 수 있을지. 아니, 그 전에 미래가 과연 존재하기나 할지.”

"존재할 거다. 잘 해결될 거야."

샤은 입술을 씹었다.

2.

도착하니 티스와 율케스가 어떻게 알았는지 미리 마중 나와 있었다. 티스가 삐딱한 자세로 투덜거렸다.

"둘이 가더니 셋이 오는군. 나는 이게 남녀 관계에서나 통용되는 말인 줄 알았는데?"

샤이 말했다.

"사정 때문에 크롬이 신세 지게 되었어."

크롬은 다시 플라멜의 고도를 높여서 네반의 위치를 파악하더니 도로 내려왔다.

"셋이 아니야. 넷이다."

"그래. 니 혹까지 넷."

티스 신경이 날카롭다. 샤이 율케스에게 물었다.

"다녀오는 사이에 무슨 일 있어?"

"아아, 라온 교수님이 도서관 청소를 시켰다. 책 사이에 낀 먼지가 어마어마하더군."

"그거 일일이 다 털어 낸 거야?"

티스가 말했다.

"원래라면 이런 세밀한 작업은 정령사가 할 일이지. 그런데 이 대신 잇몸이라고 우릴 데려가더라."

율케스가 덧붙였다.

"무보수 노동 만세라는군."

라온 교수답다. 샨은 문득 이상함을 느꼈다.

"에녹 교수님이 보호막을 안 올리셨네?"

티스가 말했다.

"에녹 교수님은 나가 계셔. 어디로 갔는지는 모르겠다만 안 보인 지 꽤 됐다."

샨은 한숨을 포옥 내쉬었다. 무슨 일이 생긴 걸까? 걱정해 봐야 아무런 소용없다는 건 알고 있다. 하지만 그래도 마음을 막을 수는 없었다.

티스가 말했다.

"그건 그렇다 치고, 이번에 찾은 지팡이도 꽤 괜찮은 물건이라고 라온 교수님이 말하더라고. 살 사람을 찾아볼 거냐는데?"

지팡이라는 말에 크롬이 민감하게 반응했다.

"무슨 소리야?"

샨이 망설이는 사이 티스가 대꾸했다.

“우리 학교 근처에 고대 유적이 발견되고 있거든. 방학 동안 돌아다니는 중이야.”

크롬의 눈썹이 꿈틀거렸다.

“고대 유적? 그게 왜 발견되는 건데?”

“내가 그걸 어떻게 알겠냐. 그래도 일반인 말려들지 않게 교수님이 인식 장애 마법은 걸어 놨더라.”

이 중의 누구도 티스처럼 천연덕스럽게 거짓말을 하진 못하리라. 크롬은 티스의 말에 생각에 잠기더니 고개를 끄덕였다.

“샨, 너는 짐작 가는 거 없나?”

티스의 붉은 눈이 샨에게 작게 윙크한다. 샨이 당황하며 얼버무렸다.

“아, 어…… 응…….”

“뭐 알고 있는 듯한 눈친데?”

티스가 그런 크롬의 어깨에 팔을 걸친다.

“우리 애기야 항상 생각이 많잖냐. 뭘 바래.”

“그 손 떼라. 누가 내 몸에 손대는 거 싫어하니까.”

티스는 웃으며 크롬의 어깨에서 팔을 뗐다. 크롬이 말했다.

“나도 간다. 어차피 할 일도 없고, 괜찮은 물건이나 발견하면 내가 쓰도록 하지.”

티스가 말했다.

“너 준다고 한 적 없는데?”

“액세서리나 장갑류의 보물만 가져간다. 나머지는 너희들 마음대로 처분해. 보통 모험가들의 룰이 그렇잖나. 각자 사용하는 무기가 나온다면 그 모험가를 우선으로 입찰시키고, 그게 아니면 모험가 조합의 경매 카탈로그에 올리거나 후원자가 있으면 후원자에게 우선권을 주는 방식으로.”

율케스가 고개를 까딱인다.

“잘 아는군.”

“그러게, 엄청 잘 아네? 너 직접 모험가들과 팀 짜서 가보기라도 한 거야?”

티스의 말에 크롬이 담담하게 대답했다.

“나는 후원자 쪽.”

“하긴 높으신 분이 직접 몸 굴려서 사냥을 할 리가 없지.”

티스의 비아냥거림을 크롬은 칭찬으로 받아들였다.

“대부분 죽어서 돌아오니 투자할 모험가를 잘 구분해야지. 잘못하면 돈만 떼어먹히는 수가 있고.”

샨이 물었다.

"돈도 떼어먹어?"

"애초에 목숨 내놓고 하는 놈들이 신사적으로 의리를 지킬 거라 생각하지 마라. 입구에서 겁을 먹고 돌아오는 놈들도 있고, 처음부터 사기 칠 목적으로 지원해 달라고 제안하는 놈들도 많아."

샨은 머리를 긁적였다.

"정말 쉽지 않은 일이구나."

"후원하는 입장에서는 돈만 떼어먹히는 경우가 많으니까. 그래도 아버지께서는 일부러 나에게 시켰지. 사람 보는 눈이 늘거든."

"……."

그 말에 샨도 티스도 아르고도 한참 크롬을 바라보았다. 크롬이 물었다.

"왜, 내가 뭔가 잘못 이야기했나?"

"아니, 아니야."

"그래, 아무것도 아니야. 크롬."

크롬이 말을 이었다.

"아무튼 나도 함께하겠다. 내가 얼마나 강해졌는지 시험해 보고 싶어졌어. 신룡이라는 카이의 능력도 보고 싶고."

그 말에 티스가 고개를 저었다.

"난 반대야. 어차피 나랑 율케스만으로 충분해. 호흡도 맞지 않는 너를 데려가 봐야 싸움만 날 뿐이야."

그랬다. 이미 티스는 싸움을 하나 경험했다. 덕분에 몬스터에게 죽는 게 아니라 같은 편인 카이에게 물려 죽을 뻔했다. 여기서 인원이 더 느는 건 사양이다.

크롬이 말했다.

"뭐라고 말하든 나는 갈 거야. 난 너보다 강하니까. 뭐, 자신 있다면 나와 싸워 보든지."

"뭐?"

티스가 어이없어하며 웃었다. 그러나 입은 웃고 있어도 눈에서는 불꽃이 피었다.

"이게 말이면 단 줄 아나?"

크롬이 답했다.

"실력에 자신 있나 보군."

아무래도 여기서 한판 할 기세다. 율케스가 둘 사이를 막아서며 말했다.

"샨, 너는 어떻게 생각하지? 애초에 우리와 크롬은 접점이 없다. 크롬은 너와 친하고, 우리 역시 너와 친해서 모였을 뿐이지."

결국 바통은 샨에게 넘어갔다. 그 모습을 보고 있자니

아르고는 웃음이 나왔다.

'에론 형님의 걱정이 기우가 아닌 모양이군.'

본가에서 함께 식사를 할 때 형님은 샨이 친구가 많아서 걱정이라고 했다. 그 말에 아르고는 친구가 많은 게 뭐가 걱정이냐고 물었다.

에론 형은 멧돼지 넓적다리를 빵 칼로 자르면서 '생각해 봐라. 그 미친놈들에게 소위 '친구' 소리 들으려고 샨이 무슨 짓을 했겠나.' 라고 답했다.

'그 나이 때의 우정이라는 건 천금을 주고도 바꿀 수 없는 반짝반짝한 것이겠지. 어른이 돼야 그게 다이아몬드가 아니라 싸구려 큐빅이라는 걸 알게 되겠지만 지금의 샨에게는 목숨을 걸고 지켜야 할 물건으로 보일 거고, 실제로도 그러고 있겠지.'

그게 그토록 가치 없는 일이냐는 질문에 형님은 한 치의 망설임도 없이 단언했다.

쓸데없는 일이라고.

쓴웃음이 나왔다. 하지만 크롬과 티스, 율케스 모두에게 샨은 신뢰받는 친구가 되었다. 두 팀 모두 샨의 결정에 따를 모양이다.

샨은 최종 결정을 두고 고민에 빠진다.

'그렇게 쓸데없는 일은 아니라고 생각하는데 말임다.'

3.

어두운 던전 안을 티스는 달려간다. 그의 소매가 부풀어 오른다. 던전 너머로 적 몬스터의 노린내와 함께 살기가 느껴졌다.

"가라! 율케스!"

"음."

율케스는 티스의 바로 뒤에서 튀어 올라 검기를 날린다. 수십 개의 검기가 허공을 가르며 꽂혀 들어간다. 율케스는 바닥에 착지해 검을 검집에 집어넣는다. 그 순간 적들이 초록색 피를 흘리며 찢겨 나갔다.

"키메라인가?"

그때 율케스의 머리 바로 위에서 벽이 열리며 유독가스가 쏟아졌다.

"조심."

그 말을 끝으로 아르고의 창이 율케스의 뒷목을 낚아챘다.

"검의 기초 초식은 에론 형이랑 비슷합니다만 전혀 다른 형태로 발현됩다?"

"신체적 능력이 다르니까."

정확히 말하자면 종족이 다른 거겠지만 율케스는 그 이상은 말을 아꼈다. 티스가 채찍을 휘두르며 말했다.

"대체 왜 우리 셋이서 던전을 탐험해야 하는 거냐고. 왜 샨은 크롬이랑 간 거냐고!"

율케스가 대답했다.

"카이가 싫다고 했으니 할 수 없지."

4.

샨의 망설임은 카이의 한마디로 끝났다.

'마마, 나 티스랑 또 던전 가기 싫어. 다음번에는 씹고 뱉는 걸로는 안 끝날 것 같아.'

'둘이 화해했잖아?' 라고 묻는 말에 카이는 이렇게 대답했다.

'화해를 한 거랑 함께 손을 맞추는 거랑은 별개야. 다시 가면 나 또 싸울걸.'

이렇게 되면 어쩔 수 없다. 샨은 티스와 율케스, 그리고 아르고 형을 보냈다. 아르고 형은 애초부터 상극인 리오 형과 에론 형 옆에서도 늘 손을 맞춰 왔다.

아마 두 사람과 호흡을 맞추는 것 정도는 일도 아닐 거다.

크롬은 플라멜보다 강해진 시점에서 플라멜보다는 자신의 힘에 의존하고 있을 거고, 샨은 카이가 있다. 인간형으로 싸우게 되면 기실 한 사람 몫을 다한다.

삼 대 삼.

이쪽이 더 합리적이다. 거기다가 그때는 드래곤의 모습이었지만 카이는 크롬과 플라멜, 즉 지금과 같은 멤버로 좁은 통로에서 충돌 하나 없이 에론 형을 구출하러 간 적도 있었으니까.

'드래곤 마스터들끼리는 호흡 맞추기 편할 거야.' 라는 게 기본 논리.

샨의 예측대로 크롬과 카이는 호흡이 잘 맞았다.

카이가 주먹을 날려 고압의 압축탄을 날리면 거기에 크롬이 불을 붙인다.

콰앙!

바람과 불이 만나 위력이 몇십 배로 불어난다.

샨은 둘 사이를 지나쳐 종횡무진하게 검을 휘두른다. 빠르지만 결정적인 타격이 없는 게 흠. 그러나 샨이 만들어 낸 활로를 두 사람이 치명타로 만들어 낸다.

퍼엉!

언데드 몬스터들이 부서진다.

"지난번엔 기계 골렘이었는데, 여긴 언데드들이네."

크롬이 물었다.

"던전이 각기 다른 모양이군."

"응. 마치 누군가가 우리를 끊임없이 여러 방향으로 시험하는 것 같아."

크롬이 손가락을 튕기자 화염이 부풀어 오른다. 카이는 기다렸다는 듯 화염에 다시 압축된 고압의 권격을 날린다. 그러나 이번에는 다르다. 주먹이 아닌 손바닥, 장타다.

카이가 만들어 낸 장타와 크롬의 화염이 만나자 흡사 레이저처럼 불꽃이 일직선으로 뻗어 나갔다.

쿠과과과과광—!

샨은 머리카락 하나 차이로 공격을 피한다. 크롬이 감탄했다.

"워어, 엄청난데?"

카이의 얼굴이 흥분으로 가득 찬다.

"재미있어! 마마, 진짜 재미있어!"

티스가 보면 질투할지도.

어느 쪽이든 둘이 상성이 맞는다는 건 좋은 일이다. 플라멜이 날아올라 카이의 공격을 보조해 주기 시작했다. 크롬은 염동력을 섞어 가며 언데드를 상대하기 시작했다.

크롬이 만들어 낸 푸른 기화가 죽음을 찢었다.

얼마나 더 던전을 내려갔을까? 이윽고 복도 끝에 거대한 문이 보였다. 크롬이 말했다.

"보통 던전 최하층에는 문이 있고, 그 너머에는 던전의 수호자가 있다고 하더군."

샤이 말했다.

"그리고 그 수호자를 물리치고 나면 보물이 있는 게 정석이지. 왜 고대 사람들은 이렇게 정석에 치중하는 걸까? 왜 굳이 보물을 이런 지하에 감춰 두고 그 주변을 수문장으로 가득 채우는 거야?"

샤의 투덜거림에 크롬이 문을 밀며 말했다.

"역사와 전통."

그놈의 역사와 전통.

샤은 입을 비죽였다. 문이 완전히 열리자 하늘이 보였다.

"지하인데, 하늘……?"

"공간 좌표를 완전히 뒤틀어 버렸군. 이세계(異世界)다."

"다른 차원이라는…… 아……."

샤의 눈동자에 달이 떠오른다. 이윽고 샤이 말했다.

"차원과 차원의 틈새라고 할 수 있어. 그러니까 우리가 있는 중간계에 술사가 만든 가상 차원을 덧씌운 거야."

크롬이 기가 차서 물었다.

"그게 보여?"

"응. 조금."

샤의 주변으로 스산한 바람이 밀려온다. 이곳이 아닌 다른 먼 곳을 바라보고 있는 눈이었다. 어쩐지 이대로 영원히 돌아오지 않을 것만 같아 크롬은 그런 샤의 어깨를 잡았다.

"아?"

샤이 크롬을 돌아본다. 투명하게만 보였던 샤의 모습이 선명한 색으로 돌아와 있다.

'환각이라도 본 건가.'

샤의 그림자가 옅어지는 걸 봤다. 연필로 그린 그림처럼 샤 혼자만 희미해지는 걸 봤다.

'아니지, 착각이지. 착각이야.'

카이는 그런 크롬을 한 번 바라보더니 몸을 일으켰다.

"나아갈 거야? 마마? 이세계라면 꽤나 위험해. 술사가 차원을 어떻게 고정시켰는지 몰라도 산소나 중력 같은 걸 차단시켜 버릴 수도 있고, 대기 온도 설정 자체를 마그마 수준으로 올려 버릴 수도 있어."

이세계 창조 마법.

10클래스의 창조 마법이다. 과거 용신이 할 수 있는 마법의 최대치가 9클래스였다. 10은 완전의 수다. 그게 가능한 것은 오로지 창조신뿐이다.

간혹, 드래곤을 뛰어넘는 마법사가 인간 중에서 나오는 경우가 있다. 어째서 마법 종족인 용신조차 뛰어 넘는 존재가 100년도 채 살지 못하는 인간들 가운데서 나오는지는 알 수 없다. 다만 확실한 건, 그런 경우 그 인간은 신이 된다.

이세계 창조 마법이란, 또 다른 세계를 만들 수 있다는 것.

즉, 천지창조를 의미한다.

인간은 신이 되고, 신이 된 인간은 모든 인간의 사상(思想)에 간섭하게 된다. 세계의 통합 정보체인 아카식 레코드와 접촉하게 되면 자신의 이름과 존재를 삭제해 버릴 수도 있다. 처음부터 태어나지 않은 존재로. 처음부터 있지도 않은 존재로.

그렇기에 인간으로 태어나 신이 된 존재가 있다는 것은 알고 있으나 그자가 누군지는 아무도 모르는 기이한 현상이 일어난다.

"그런 존재가 어째서, 왜 이런 던전 지하에 이런 공간을 만든 걸까."

다행히 규모를 봐서는 작은 크기다.

이 정도 크기면 10클래스를 완성하기 전에 연습 삼아 구축해 본 걸 수도 있다. 일단 차원 자체는 꽤나 안정적이다.

카이가 말했다.

"재미있어서가 아닐까?"

"재미?"

"있잖아, 마마. 인간은 말이지 늘 무슨 일에서나 어떤 동기를 찾으려고 해. 하지만 말이야, 대부분의 역사적 사실들은 순전히 재미로 일어나고 재미로 사라져. 이런 대규모의 차원도 그저 '만들 수 있으니까.', 또는 '재미있을 거 같으니까.' 라는 동기만으로도 시간과 노력을 투자할 수 있어. 그게 인간이야."

애초부터 세계 멸망을 앞두고 엘을 만나기 위해 필요한 보물들이 감춰진 던전이 모습을 드러내는 것 자체가 너무 작위적이다만.

아마 이런 걸 만든 게 엘이라면, 엘은 분명 영웅소설 마니아일 거다.

내부를 바라보던 샨이 말했다.

"괜찮은 거 같아. 산소도 충분하고, 온도도 봄 날씨랑 비슷해."

샨의 망막에서 달이 꺼졌다. 크롬은 그제야 샨의 어깨에서 손을 내려놓는다.

"너 어디 가지 마라."

"응?"

"아무튼 가지 마. 짜증 나니까."

크롬은 자신도 무엇을 말하는지 모른 채, 앞서서 성큼성큼 걸어갔다. 샨은 그런 크롬을 쫓아 들어갔다.

5.

같은 시간, 티스와 율케스도 거대한 문을 앞에 두고 있었다. 티스가 말했다.

"누가 열래? 가위, 바위……."

그때 아르고도 자연스럽게 보자기를 냈다. 티스가 툴툴

거렸다.

"이 형은 어째 안 끼는 데가 없네."

"그래서 싫습까?"

"아니, 아니. 싫은 건 아니고."

싸울 때도 그랬다. 같이 싸우는 건 처음일 텐데도 마치 한 몸처럼 물 흐르듯 움직였다.

'창술이라는 게 원래 이렇게 조화로운 거였나.'

오히려 창병대들은 함께 싸우기 까다롭다고 기피하지 않았나?

모르겠다. 물에 물 탄 듯 술에 술 탄 듯 움직이면서도 자기 스타일을 잃지 않는다. 티스의 생각을 읽기라도 했는지 아르고가 웃음을 터뜨렸다.

"에론 형과 리오 형 사이에서 보조 맞추는 게 뭐 쉬운 일인 줄 아십까?"

"리오 형은 알겠는데 에론 형이라면……."

"죽어납니다. 특히 에론 형은 걸리적거리면 일단 무조건 베고 나서 생각하는 위인이라."

어릴 때 함께 키메라 앤트를 잡으러 간 적이 있었다. 그때는 아르고도 어렸지만, 에론 형도 미숙한 터라 고전 아닌 고전을 했다.

그 거대 개미굴에서 함께 싸우던 중에 갑자기 에론 형이 아르고의 팔 한쪽을 날렸다. 대왕 병사 개미를 공격해야 하는데 그 검로에 아르고의 팔이 있다는 게 이유였다.

에론은 저울질했다. 여기서 원래의 검로를 포기하고 다음 공격을 노릴지, 아니면 당장 눈앞에 있는 개미 목을 날리고 아르고의 팔을 도로 붙일지.

에론의 선택은 후자였다.

당시 에론에게 있어서 아르고의 팔은 대왕 병사 개미의 모가지만도 가치가 없었다.

피를 분수처럼 뿜어내며 출혈성 쇼크 상태에 빠지는 아우를 뒤로하고, 에론은 일단 대왕 병사 개미를 확인사살하고 안에 들어 있는 마정석을 끄집어 낸 후에야 동생의 팔을 들어 포션으로 소독하고 서툰 솜씨로 꿰맸다. 그러나 봉합이 어설퍼서 결국 나중에 샨이 다시 처치를 했다.

그리고 그때는 붙였던 팔을 도로 잘라서 다시 꿰매야 했다.

'내 절단면이 깔끔하여 다행이지 않니. 아우야.'

에론 형님은 태연한 얼굴로 그리 말했다. 그 옆에서 샨은 질리지도 않고 담담하게 '기왕 벨 거면 봉합하기 전에 빨리 집으로 데려와 줘, 형. 두 번 잘라야 하니 아르고 형이 힘들잖아.' 라고 말했다.

"흐흐흐, 보조 좀 못 맞췄다고 사람 팔 병신 만들 뻔했지."

추억에 젖어 껄껄 웃는 아르고에게 티스도 율케스도 말 한 마디 건네지 못했다. 광기에 젖은 웃음을 보고 있자니 분노한 거대 네임드 몬스터를 상대했을 때도 멀쩡했던 양팔에, 이제는 닭 껍질마냥 소름이 돋았기 때문이다.

'그래. 그렇지. 그런 거지.'

아르고 형이 매우 자연스럽게 문에 손을 댄다.

"그럼 연다."

분명 가위바위보에서 승자는 율케스였다. 그러나 티스도 율케스도 단 한 마디도 반박할 수 없었다.

둘의 기세를 누르고 그는 가볍게 문을 열었다.

문 안은 어둠으로 가득 차 있었다.

"이게 뭐지?"

티스가 손을 가져다 댄다.

표면이 출렁거렸다.

손끝에 차가운 물기가 달라붙는다. 방 안 전체가 검은 물로 가득 차 있었다. 아르고 형이 머리를 벅벅 긁었다.

"이런 변수는 생각지 못했는데."

"대체 속이 어떻게 생겨먹은 거야?"

그때 물속에서 거대한 무언가가 스치듯이 지나가는 게 보였다. 새빨간 눈동자가 문 앞에 있는 세 사람을 보고는 다시 멀어졌다.

빨간 눈동자가 죽음을 말하고 있었다.

6.

아래에는 잔디밭이 깔려 있었고, 하늘에는 별이 보였다. 유리로 된 천장이 쭉 이어져 있다. 마치 우주 속에 놓인 어항 같다. 샨은 털썩 엉덩이를 깔고 앉았다.

"보스가 보이질 않네."

보통이라면 이미 보스 몬스터가 나타나서 한창 싸우고 있어야 할 텐데 아무것도 보이질 않는다. 보물이 있을 법한 문도 보이지 않고.

크롬이 말했다.

"이상한 곳이군."

소풍이라도 나온 기분이다. 실제로 여기가 던전만 아니라면 몇 번이고 놀러 왔을 거다. 샨은 그대로 등을 깔고 누웠다. 달의 눈을 뜨고 잔디를 봤지만 독초도 아니었고, 인공적인 흔적도 보이지 않았다.

"대기도 마력도, 중력도 모두 정상이야. 뭘까, 이곳은?"

그때 멀리서 카이가 손짓했다.

"마마, 마마!"

무슨 일일까 싶어 달려가 보니 타일로 된 바닥이 있었다. 그중에서 그림이 양각되어 있는 타일은 총 7개. 7개의 타일이 원 모양으로 놓여 있고, 그 중앙에는 톱니바퀴를 꽂는 곳이 있었다.

"아마…… 이건……."

샨은 가방에서 미리 구한 톱니바퀴를 꽂아 넣었다. 딱 맞아 들어갔다. 크롬이 물었다.

"이게 뭐야?"

"전의 던전에서 구한 물건이야. 보니까 각 던전마다 톱니가 하나씩 있고 그걸 이곳에 넣으면 뭔가 일어나나 봐."

카이가 타일 중 하나에 귀를 가져다 댔다. 오징어가 그려진 타일이었다.

"마마, 여기서 소리가 들려."

"소리?"

샨은 카이를 따라 오징어 타일에 귀를 가져다 댔다.

쿵, 쿠웅!

굉음이 들렸다. 금속음이 물의 파동에 섞여 흘러나왔다. 샤의 눈이 커진다.

"이건 싸우는 소리야."

크롬이 물었다.

"여기 지하에서 누군가 싸우고 있는 거야?"

샤은 다른 타일에 귀를 대 보았다. 그곳에서는 아무 소리도 들리지 않는다. 샤이 말했다.

"여기 지하라든가 그런 개념이 아니라 이 공간 자체가 각 던전에 연결되어 있는 모양이야. 지금 전투 중인 곳이라면 티스 일행이 있는 곳일 거야."

크롬이 물었다.

"그렇다면 여기서 티스가 있는 곳까지 갈 수 있나?"

샤이 이마를 찌푸렸다.

"그 방법을 모르겠어."

그때 콰르르릉, 천둥이 울리는 소리가 들렸다. 동시에 오징어 타일이 부서졌다.

7.

어두운 물속에서 티스가 가쁜 숨을 내쉬었다.

"헉, 허억…… 빌어먹을 자식."

아르고가 물었다.

"이거 물속에서 숨 쉬는 약, 약효가 얼마나 갈까?"

급하게 만든 것치고는 꽤나 잘 조제했다. 율케스는 죽은 크라켄의 표면을 만져 보았다. 율케스의 어깨 위에서 드래곤 한 마리가 하품을 했다.

설마하니 물속에서 전투를 하게 될 거라고는 상상도 못 했다.

땅 위에서 움직이는 것보다 물속에서 움직이는 게 몇 배, 몇십 배는 버거운 일이었으니까. 티스는 소매에서 약병 몇 개를 꺼내서 섞고 가열하고 흔들기를 반복하더니 물속에서 숨 쉬는 약을 즉석에서 조제해 냈다.

"워, 임기응변만은 천하무적."

아르고의 말에 티스가 멋쩍게 웃었다.

"예전에 급하게 만들 일이 있었거든."

대체 무슨 일이 그리 급했으면 그 자리에서 마법약 하나를 뚝딱 만들어야 했는지는 모르겠지만, 아무튼 지금으로써는 다행이었다. 티스가 말했다.

"그러면 적당히 싸우다가 밀린다 싶으면 도망치는 걸로?"

처음에는 눈치 봐서 존댓말도 섞더니 이제는 그냥 말을 놓는다. 아르고는 아무렇지도 않게 대답한다.

"그러든가 하십쇼."

목숨보다 귀한 게 어디 있나. 애초에 이 사람들에게는 '필생의 각오로 싸운다.'는 선택지란 존재하지 않았다.

어찌 되었건 들어가자마자 세 사람을 반긴 건 10미터짜리 대형 빨판이었고, 물의 저항력이 어마어마하다 보니 제대로 공격도 들어가지 않았다. 그 와중에 율케스만 홀로 근력 하나 믿고 싸워 댔다.

아무리 저항력이 강하다고 해도 인간을 뛰어 넘는 근력 앞에서는 아무것도 아니었으니까.

그때 티스가 뭔가 깨달았는지 채찍의 힘만으로 조류를 만들었다.

"물에 저항하지 말고 흐름을 따라가! 그 흐름은 내가 만들 테니까!"

티스가 만들어 낸 작은 조류가 두 사람을 밀었다. 센스가 가장 좋은 건 아르고. 아르고는 그 말만으로 감을 잡고 촉수 두 개를 토막 냈다.

그걸 응용한 건 율케스였다.

"비켜. 감전된다."

율케스의 검 끝에서 번개가 서린다. 율케스의 검에 매달린 아기 드래곤이 번개를 만들어 냈다.

콰르르릉!

티스가 만들어 낸 조류를 타고 번개 서린 검기가 물을 갈랐다. 그리고 율케스의 잔상이 다시 나타났을 때는 거대한 대형 크라켄의 붉은 눈동자가 절반으로 갈라져 있었다.

"워어."

천하의 아르고조차도 그 광경에는 한 마디도 못 하고 감탄사만 내뱉어야 했다.

티스가 말했다.

"너, 엄청 강해졌구나."

"이제는 에론 사부보다도 강해졌을걸."

"샨이 턱도 없다는데?"

"길고 짧은 건 대 봐야 알지."

Chapter 6

세계의 갈림길

1.

샨은 던전 밖으로 나오기 전에 순간이동 좌표 마법진을 그렸다. 이제 이게 지워지지 않는 이상 언제든지 이곳으로 통하는 게이트를 열 수 있다. 크롬이 물었다.

"게이트 설치는 블루 타워 졸업반이나 할 수 있는 거 아니던가?"

샨이 답했다.

"평소 착실히 예습과 복습을 한 덕분이지."

거기다가 마법진 테두리에는 생판 본 적 없는 엘프 문자들을 추가로 쓰기 시작했다. 카이가 말했다.

"신록의 서네?"

"응, 조금 응용해 봤어. 전에 좌표 마법 썼을 때 오차율도 컸고 불안정했거든."

크롬이 눈을 가늘게 떴다.

"신록의 서? 그걸 왜 네가 갖고 있지?"

샨은 생각했다.

'알고 보면 네 덕분이야, 크롬. 네가 그때 원 펀치로 강냉이를 털지 않았다면 못 얻었을 거야.'

그리고 샨은 말했다.

"어쩌다 보니 사본을 구할 일이 생겼어."

샨은 거기까지 말하고는 고양이처럼 온몸을 쭉 펴서 기지개를 폈다. 마르고 탄력 있는 근육이 시원하게 떨린다.

"자, 그러면 돌아가자."

2.

기숙사로 돌아오니 방 안이 온통 물 천지다.

"물빨래 다시 해야겠는걸."

티스와 아르고는 척척하게 젖은 몸으로 엎어져서 자고

있고, 율케스는 벽에 기대서 책을 읽고 있었다. 그나마 젖은 옷을 벗어 놓기라도 해서 다행이다.

"그래도 벗을 정신은 있었네."

"네 형이 사내놈 벗은 몸은 더러워서 보기 싫다고 버티다가 그냥 피로에 져서 기절했어. 나랑 티스가 벗겼다."

젖은 옷이 카펫 위에 무방비하게 나뒹굴고 있다.

"아, 곰팡이 슬겠네."

곰팡이에 즉효인 마법약 조합이 뭐더라, 샨은 머리를 긁적였다.

크롬은 문 앞에 서서 물었다.

"너 그 더러운 데서 잘 거냐?"

그는 애초부터 문지방에 발도 딛지 않았다. 샨은 고개를 끄덕였다.

"여기가 내 방이니까 여기서 자야… 아…! 누가 내 침대 위에 젖은 양말 버렸어. 이거 티스… 아니, 티스는 양말 안 신지."

율케스가 답했다.

"티스가 네 형의 양말을 벗겨서 네 침대 위에 던졌어."

샨이 이마를 찌푸렸다.

"아, 좀! 생각 좀 하고 벗으라고 해. 이게 무슨 뱀 허물도 아니고, 왜 옷을 벗기는 대로 막 던져! 최소한 짜기라도 하든가. 아, 이건 또 웬 미역이야? 대체 무슨 던전에 들어갔기에 양말에 미역이 붙어 있어?"

카이가 이마를 찌푸렸다.

"마마, 나 여기서 자기 싫어."

율케스가 몸을 일으켰다.

"동감이다. 나도 여기서는 못 자겠다."

애초에 티스와 아르고가 각각 다른 침대에서 자고 있고, 샤의 침대는 젖어 있으니 선택의 여지가 없다.

셋이 모두 크롬을 바라보자 크롬이 마뜩지 않은지 이를 갈았다.

크롬의 허용선은 샤, 많이 양보해 봐야 카이 정도까지다. 거기에 율케스까지 끼고 나니 저항감이 크다.

특유의 결벽증이 다시 솟아나려는 걸 꾹 눌러 참는다. 이윽고 그가 딱딱한 목소리로 말했다.

"율케스, 목욕하고 새 옷으로 갈아입어. 목욕 시간은 최소 두 시간 이상. 새 옷은 한 번도 입지 않은 걸로 입고, 신발은 지정 슬리퍼 줄 테니까 그걸로 신어라. 목욕하고 나서 나한테 검사받아."

이 정도면 크롬에게 있어 굉장히 큰 양보다. 샤은 안도의 한숨을 쉬었다.

크롬이 한마디 덧붙였다.

"아 참, 그리고 장갑을 줄 테니 나갈 때까지 그걸 끼고 있어."

샨이 말했다.

"장갑 있었어? 왜 나는 안 줬어."

"시끄러워."

크롬은 그렇게 말하고는 성큼성큼 앞장섰다.

3.

도착하니 네반 경이 이미 크롬의 방을 완벽하게 정리해 둔 후였다. 크롬은 오자마자 말했다.

"침대 두 개 끌고 와. 내 방에 하나, 네 방에 하나."

"어서 오십시오, 주군. 네? 뭐라고요? 도련님?"

포지션이 시종 겸 수호기사이다 보니 정체성을 찾지 못하고 호칭이 도련님과 주군을 멋대로 오간다.

샨은 안쓰러운 마음에 네반 경을 바라본다.

"도와드릴게요."

크롬이 그런 샨을 막아선다.

"안 돼. 넌 목욕해."

네반 경이 웃었다.

"저는 괜찮습니다. 신경 쓰지 말아 주십시오. 원래 이런 것까지 포함해서 제 일인걸요. 도련님은 어린 시절 이불에 오줌 싸셨을 때부터……."

"네반!"

"크롬, 어릴 때 이불에 그런 짓을 했구나. 그래 뭐, 그 정도야 어릴 때는 누구라도 하는 실수……."

크롬이 얼굴이 벌게져서 소리 질렀다.

"샨, 닥쳐!"

네반이 그런 샨을 향해 윙크했다.

"말했잖습니까. 그러니 제 걱정할 필요는 없다고. 이제 아셨죠?"

보좌관으로서의 자부심이라는 걸까. 샨은 쉽게 이해가 가지 않는 둘의 관계에 대해 곰곰이 생각해 보다 어깨를 으쓱했다.

이 세상에는 수많은 주종 관계들이 있다. 네반 경은 애초부터 크롬을 위한 가문에서 태어났으며 크롬을 위해 자라 왔다.

그리고 크롬 역시 그런 네반을 당연하게 생각하고 발닦개 취급하고 있었다.

전통 깊은 귀족가일수록 이런 관계도 엄연히 존재하는 법.

샨은 그런 두 사람을 보며 어깨를 으쓱했다.

카이는 플라멜과 율케스의 드래곤인 폴룩스를 데리고 드래곤 전용 욕탕으로 향했다.

블루 타워에는 이런 시설이 없어서 늘 사람이 목욕하는 곳에서 함께 목욕을 해야 했는데 레드 타워는 역시 예산이 남아도는 모양이다.

'하긴 인간과 드래곤은 엄연히 다른데 애초부터 사람 목욕하라고 만든 곳에서 똑같이 목욕하라고 시키는 것 자체가 미안한 짓이긴 하지.'

율케스는 샤워를 대충 끝내고는 탕 속에 앉았다. 이대로 두 시간을 버티다 나올 모양이다. 샨은 적당히 샤워만 하고 밖으로 나왔다.

당장 침대에 다이빙해 버리고 싶다.

수건으로 머리를 털고 크롬의 방으로 들어가니 네반 경이 크롬의 옷가지를 정리하고 있었다.

주름 하나라도 남기지 않기 위해 다리고 또 다리길 반

복한다. 그렇게 셔츠가 갓 눈이 내린 설원처럼 되었는데도 뭐가 그리 불만족스러운지 다시 다리기 시작했다.

"열심이시네요."

"도련님이 좀 까다로우셔야죠. 어쩔 수 없죠."

보통 시종도 이렇게까지는 공을 들이지 않는다.

"크롬이 까다롭기는 하죠."

"네, 저희 도련님 때문에 죽겠습니다." 이렇게 대답하더니 주변 눈치를 본다. "제가 지금 한 말은 비밀입니다."

낮게 속삭이는 목소리에 샨은 웃음을 터뜨린다.

"네. 비밀로 할게요. 제 친구지만 말도 안 되게 완벽주의잖아요. 이 말도 비밀."

샨이 웃는 모습을 네반은 넋을 잃고 바라본다. 참 아름다운 소년이다.

성스럽고 존귀한 것을 아름답다 규정한다면 이 소년이 그랬다. 처음 볼 때는 사람이 맞는가 싶을 정도의 미모였다.

그랬기에 한때 샨을 의심한 적도 있었다. 그 얼굴로 우리 도련님에게 접근한 알테리온가의 자객이 아닐까 하고.

말도 안 되는 생각이라는 건 알고 있었지만, 그만큼 절박하기도 했다.

"샤이린은……."

"쿨럭!"

샤은 기침을 내뱉었다. 네반 경이 말을 이었다.

"뭐, 도련님께는 말씀 안 하시는 게 좋겠습니다. 강해지신 것도 있지만 그만큼 잃은 것도 크시니까요."

인간이길 포기했다. 샤은 그렇기에 더더욱 말해야 한다고 생각했다. 네반 경은 마저 말을 이었다.

"적당한 때가 되면 깨달으시리라 믿습니다. 깨닫지 못하신다면 없는 샤이린 시체라도 만들어서 보여 드려야겠죠."

샤은 '진짜 제 시체를 만들 생각은 아니시죠?' 라는 말을 삼켰다. 네반 경이 말했다.

"아니면 그냥 도련님이 이대로 샤이린이 돼서 시집오시는 건……?"

샤의 얼굴이 파래지자 네반 경이 너털웃음을 지었다.

"하하하, 농담입니다."

"의외네요."

"네?"

"네반 경은 좀 더 차가운 분이라고 생각했거든요. 그도 그럴 게, 모셔야 할 주군이 크롬이잖아요. 완벽해야 할 거고……."

"그렇죠. 하지만 이미 수호기사 주제에 주군보다 약한

시점에서 저는 자격을 잃었습니다."

그는 셔츠를 각 잡아 접고는 이제 바지를 꺼내 다리기 시작했다.

"사실 수호기사라니 말도 안 되죠. 이제 주군께서는 너무 먼 곳까지 가셨고, 저는 글쎄요. 주군 대신 죽는 것조차 가능할지 의문입니다. 그런 상대가 있을지. 만약 있다면 저는 기쁘게 고기 방패가 될 겁니다. 하지만 없겠죠."

바지를 뒤집는다. 물뿌리개로 천의 표면을 적시고는 다시 다린다. 인간이 아닌 기계 골렘 같은 움직임이다.

"솔직히 주군의 목숨을 위협할 힘을 가진 상대라면 제 허리를 동강 내고도 검이 주군에게 박힐 테니까요. 네, 샨 님의 형님들 같은 사람 말입니다. 리오 알테리온이라든가, 에론 알테리온이라든가. 아, 그래도 그렇게 되면 조금이나마 검로가 느려질 테니 그걸로 감사해야 할까요."

바지를 접는 손길이 그의 말만큼이나 비장했기에 샨은 감춰 왔던 질문을 결국 꺼내야 했다.

"대체 왜 그렇게까지 크롬에게 충성을 다하는 거죠? 보답 받지 못하실 거잖아요."

"그렇죠. 고작해야 몇 달 만난 친구에게는 태워 줄 드래곤 등짝을 평생을 모셔 온 제게는 허락지 않으신 분이니까요."

그의 적나라한 말에 샨은 그만 말문이 막혔다. 그는 바지를 모로 접고는 이제 속옷을 꺼낸다. 검은색 바탕에 붉은 옆선 자수가 들어간 고급스러운 사각 속옷은 그 주인이 누구인지 말하지 않아도 짐작할 수 있었다.

"그런 분이시니까요. 저 같은 것보다 몇 달 만난 샨 님이 더 소중하시고, 주군을 위해 언제라도 목숨을 걸 수 있는 저보다는 정체도 모르는 샤이린 같은 처자에게 자기 목숨을 바치는 분이시죠."

아아, 양심이 찔려 온다.

네반의 말이 날 선 칼이 되어 샨의 심장을 푹푹 쑤셔 왔다. 샨은 식은땀을 흘리며 웃었다. 웃을 수밖에 없었다. 그렇다고 울 수도 없었으니까.

"수호기사라고는 하나 주군도 못 지키고, 오히려 주군이 절 지켜 주시죠. 결국 저는 종놈입니다. 저택 하인이라도 휴가는 주는데 저는 그런 것도 없으니까요."

"……."

위로를 해야 할까? 아니면 동조해서 같이 크롬 욕을 해줘야 할까? 일단 부정할 수는 없다. 그게 사실이긴 하니까. 그는 크롬의 트렁크 팬티를 각 잡아 접더니 이번에는 양말을 꺼내 다리기 시작했다.

"그래도 제게는 자부심이 하나 있습니다. 이것만은 친구인 샨 님에게도, 가상의 연인이신 샤이린 양에게도 지지 않는 거죠."

"전 그냥 지고 싶습니다만……."

"……."

그는 샨의 말을 무시하고 계속해서 말을 이었다.

"주군께서는 밖에 나가시면 제가 정리한 침구에서밖에 주무시지 않으십니다. 제가 타 준 차만을 드시고, 제가 다린 옷만 입으시죠. 그러니까 말입니다."

그는 양말까지 전부 다려서 개어 놓고는 트렁크를 닫는다.

"주군께서는 제가 없으면 생활이 불가능하십니다. 그게 이 종놈, 수호기사 네반의 유일한 자부심이죠."

그의 긍지 가득한 목소리에 샨은 차마 말할 수 없었다.

'크롬 제가 타 준 차 아주 잘 마시던데…….' 라고. '그리고 예전에 동거 아닌 동거를 했을 때도 제가 침구를 정리해 줬는데 그때도 그냥 잘만 자던데요.' 라고.

샨은 티스를 떠올렸다. 과거 바람을 폈냐고 소리 지르던 어느 여인 앞에서 티스는 표정 하나 바꾸지 않고 말했다.

"멋진 자부심이네요."

그녀는 식칼을 앞에 들이대고 있었다. 티스는 날 선 식칼이 배를 누르고 있는데도 평정을 유지했다.

네반 경이 방긋 웃었다.

"그런가요?"

"네, 크롬이 말은 그래도 그만큼 내심 네반 경을 생각하고 있는 거라고 봐요. 사실 저래 보여도 착한 부분이 있잖아요?"

"그쵸. 알고 보면 자상한 분이신데 말입니다."

샨은 그렇게 말하고는 몸을 일으켜 네반에게 줄 차를 탔다.

'아아, 에론 형, 아르고 형, 내가 어른이 되었어.'

샨은 쓴웃음을 삼키며 그렇게 찻물을 우렸다.

소년은 그렇게 어른이 되었다.

4.

율케스는 결국 두 시간을 꽉 채워서 목욕하고 나왔다.

'어차피 네반 방에 같이 재울 거면 장갑까지 끼워서 보낼 이유가 없잖아?'

뭐, 좋게 좋게 생각하자. 그만큼 네반도 소중하게 생각하고 있다는 뜻으로.

절대로 그냥 율케스가 오는 게 심통이 났다거나 하는 이유는 아니었다고 생각하자.

문제는 카이였다.

'나 마마랑 한 침대에서 잘 거야!' 라고 말할 줄 알았던 카이가 플라멜과 율케스의 드래곤인 폴룩스를 들고 이야기할 게 있다면서 나갔다. 크롬이 옆방에 드래곤이 잘 곳을 따로 마련해 놨는데 거기서 잘 것 같다.

방 안에 뜨거운 보석들이 가득 차 있다고 카이가 환호했다. 드래곤은 비늘에 보석이 닿는 감촉을 좋아한다. 아무리 그래도 방 하나를 보석으로 채워 놓고 그걸 뜨겁게 가열할 수 있는 재력을 가진 건 마이어하트 가문밖에 없을 거다.

'엄청난 사치네.'

이쯤 되면 사람 팔자보다 용 팔자가 더 좋다.

특히 플라멜이 화룡이라 그런지 루비를 좋아해서 루비를 엄청 쏟아부었다.

루비로 가득 찬 방이라니. 이래서야 전설에 나오는 용신의 둥지와 다를 바 없지 않은가. 금은보화를 둥지에 가득 쌓아 놓고는 공주 하나 납치해서 용사를 기다린다는 그 전개다.

'마마는 나랑 같이 안 자? 보석 목욕 안 해?'

나는 사람이고, 사람은 보석보다는 면과 솜으로 된 이부자리가 필요하다고 말해 봤지만 카이는 고개만 갸우뚱했다.

'보석에서 못 자다니, 인간은 불쌍해. 평생 그 즐거움을 모르는 거잖아.'

그런 곳에서 자면 어떤 인간이든 100퍼센트 등 배길 거다. 샨은 작게 한숨을 쉬었다. 이런 건 종족 차이다.

종족 차이.

샨은 침대에 누워서 멍하니 천장을 바라보았다. 크롬의 방은 지나치게 넓다. 혼자서 살기에는 외롭다 싶을 정도로 넓었다. 크롬의 옷을 다 채워 놓고, 명품 구두며 사치품들을 품목별로 쭉 진열해 놔도 공간이 한참 남을 만큼 넓었다.

크롬은 이곳에 룸메이트를 들이려는 생각을 하지 않는 걸까? 하다못해 네반이라도 함께 있으면 좋지 않을까?

샨이 물어보자 크롬은 담담하게 대답했다.

"좁아. 가뜩이나 이 방도 좁아 터졌는데 뭘 더 사람을 데려와."

여기도 좁으면 크롬의 침실은 대체 얼마나 더 큰 걸까? 여긴 레드 타워 기숙사 중에서도 가장 넓은 방 아니던가. 어지간한 고위 귀족들 방 크기는 우습게 넘는다. 샨의 방을 뜯어서 집어넣고, 욕실도 집어넣고, 겸사겸사 옆방에 에론 형 방에 아버지 서재까지 집어넣어도 될 정도다.

"너는 방에 지평선이라도 보여?"

"무슨 소리야?"

"아니, 아무것도 아니야."

새삼 빈부 차이를 실감하고 만다. 샨은 주먹을 불끈 쥐었다. 그래, 아르고 형 말이 맞아. 우리도 이제 등 펴고 살 때도 되었어.

무엇보다 사치 금지라는 룰은 아버지의 할아버지의, 할아버지의, 할아버지 대부터 있었던 케케묵은 전통이잖아. 사치까진 안 하더라도 궁상맞게 살지는 말아야지.

샨은 굳게 다짐했다.

크롬이 말했다.

"너 졸업은 할 거냐?"

"응?"

"그냥, 가끔 그런 느낌이 들어서."

"너도 내가 언젠가 나가 죽을 거라는 에녹 교수님 의견에 동의하는 거야?"

크롬은 눈을 감았다.

"아니, 그건 아니야. 그냥……. 만약에 너 어디 오래 자리 비울 때는 나한테 꼭 이야기하고 가라. 약속이다."

샨은 작게 웃었다.

"응, 약속할게. 아 참, 티스네 던전에서는 뭘 발견했을까? 우리 쪽은 그 이상한 장소 말고는 아무것도 발견되지 않았는데."

크롬이 말했다.

"그걸 물어보는 걸 잊었군. 내일 날 밝으면 물어보도록 하지."

그 말을 끝으로 두 사람은 약속이라도 한 듯 눈을 감았다.

5.

티스 쪽이 찾아낸 것은 검이었다. 은색 칼날이 어울리는 검으로, 라온 교수님의 말로는 냉기의 마력이 담겨 있다고 했다.

티스가 혀를 찼다.

"그래, 검은 대중적인 무기지."

크롬이 말했다.

"몇 바퀴를 돌아도 채찍은 안 나올 거다."

"말 다 했어!"

그래도 틀린 말은 아니었기에 티스는 그 이상 반박하지 않았다. 샨이 덧붙였다.

"사실 영웅 소설이나 실제로 세계를 구한 용사들의 전설만 봐도 80%가 전부 검을 쓰는 사람들이었고, 10%는 마법 지팡이를 사용했잖아? 5%가 신성 사제고……."

티스가 샨의 말을 끊었다.

"알아. 그리고 나머지 4%는 활을 사용했고, 그 외 1% 안에 기타 잡다한 모든 무기가 다 들어 있지만 그 기타 잡다한 1% 안에도 채찍은 없는 거."

율케스가 말했다.

"암기라면 그래도 나올지도 모르지."

"그거 하나에 희망을 갖는다."

티스가 주먹을 불끈 쥐었다. 라온 교수님이 물었다.

"그래서 이거 쓸 거니?"

율케스는 거절했다.

"새로운 검은 필요 없다."

크롬 역시 고개를 저었다.

"아무리 그래도 내 검에 비하면 한참 아래야."

카이 알테리온의 두 번째 넘버링 소드라고 하던 그 검을 말하는 것이리라. 대체 얼마나 대단한 걸까. 직접 볼 날이 오긴 할까?

"그걸 쓸 만큼 강한 적을 크롬과 함께 맞이할 날이 오긴 할까."

"당연하지 넌 내 베스트 프렌드니까."

그 말에 티스가 말했다.

"야, 재 베스트 프렌드는 나지."

샨도 대답했다.

"크롬, 미안해. 내 베스트 프렌드는 티스랑 율케스야."

크롬은 무시했다.

"걱정하지 마. 한동안 함께 던전을 가 보자. 목숨을 거는 일이지만 두 사람과 두 마리의 드래곤이라면 괜찮겠지."

티스가 말했다.

"야, 재 니 베프 아니라니까!"

이 상황에서는 무슨 말을 하든 크롬은 죽어도 안 듣는다. 싫은 말은 자체 필터링하는 명문 귀족 자제의 고유 능력이 발동되었으니까.

샨은 옥신각신하는 둘을 내버려두고는 검을 내려다보았다. 문득 에론 형의 부러진 검이 떠올랐다. 알테리온 소드만으로는 균형이 맞지 않는다고 했지.

"에론 형……에게 보낼게요."

라온 교수님이 말했다.

"호오, 샨 군. 적에게 선물까지 보내다니 참으로 배포가 크십니다?"

노골적인 비아냥이었지만 그 안에 들어 있는 은근한 염려를 읽을 수 있었다. 라온 교수님은 짓궂지만 그리 나쁜 사람이 아니라고 샨은 생각했다.

"괜찮아요. 그리고 어차피 칼 하나 든 에론 형도 못 이기는걸요. 거기다 그 에론 형이 못 이길 상대라면 저희도 끝일 테니까."

옆에서 지켜보던 아르고 형이 한숨을 포옥 내쉬었다.

"알았슴다. 일단 제가 돈은 지불하도록 하죠. 그리고 이 검은 에론 형에게 제가 직접 전해 주겠슴다."

샨은 그런 아르고 형을 끌어안았다.

"고마워, 형."

"뭘 이 정도 갖고."

아르고 형은 어깨를 으쓱했다.

이튿날, 그렇게 샨은 아르고 형을 보냈다. 좀 더 함께 있고 싶었지만 아르고 형이 하고 있는 일을 생각하면 민폐다. 중간중간 시간을 내서 크롬과 상단 일을 상의하고 뭔가 즉석에서 계약서를 쓰는 걸 봐서는 여기까지 와서도 일하고 있는 중이었지만.

그는 기차역에서 샨의 머리를 쓸었다.

"좀 더 이야기하고 싶었는데 말이죠."

다음번엔 더 커서 만나려나. 아르고는 입을 다물었다.

학교 가기 전에는 몰랐는데, 요즘에는 매번 볼 때마다 어딘가 자라 있었다. 정신이 자라거나 실력이 자라거나.

안타깝게도 키는 별로 자라지 못했지만.

'그래도…….'

선하고 바르게 자라 주는 것만으로도 충분히 감사할 일이라고 아르고는 생각했다.

"그러면 이만 감다!"

다음번에는 더 성숙한 모습으로 볼 수 있길, 더 올바르게 자라길.

이 세계에 그늘이 온다 하더라도 부디 샨만은 무사하길.

아르고는 웃는 얼굴로 기원했다.

6.

아르고를 배웅하고 돌아오니 티스가 짜증을 내며 말했다.

"넌 안 가냐?"

크롬이 답했다.

"안 가."

샤이 고개를 갸우뚱하자 크롬이 말했다.

"아버지에게 편지가 왔는데 제대로 화가 난 모양이더라고. 조금 있다 가려고."

그게 조금 있다 간다고 풀어질 일인지는 모르겠지만 뭐, 그건 크롬이 감내해야 할 문제. 샨은 고개를 끄덕였다.

이건 엄연히 크롬의 개인적인 문제이고 샨이 어떻게 할 수 있는 게 아니었으므로.

'네반 경의 부탁도 있었지.'

이쯤 되면 당연히 알려야 한다고 생각했다. 크롬이 믿든 믿지 않든 진실을 들이밀어야 한다고 생각했다. 하지만 진짜 크롬을 생각한다면 그게 과연 옳은 일일까. 샨은 고민했다.

그날 이후 일행들은 던전이 발견되는 대로 탐험했다. 개중에는 류인 황자의 수하나 에론 형의 부하가 먼저 지나간

흔적이 남은 곳도 있었는데, 그런 곳은 들어가지 않았다.

"좋~겠다, 높으신 분들은. 본인은 손가락 하나 까딱 안 하고 뭐든지 아랫놈들 시키면 되고."

티스의 말에 샨은 뺨을 긁적였다.

카이는 여전히 티스와 호흡이 안 맞는다. 그때 그런 일이 있은 이후로 각오하긴 했지만, 그래도 시간이 해결해 주지 않을까 하는 생각이 든다.

카이는 티스와 어깨동무를 했다.

"그러게 말이야. 우리 마마는 뭐 빠지게 구르고 있는데."

시간이 해결해 준 건 두 사람의 친분일 뿐이지 전투 파트너로서의 호흡이 아니다. 카이는 티스와 함께 싸우는 걸 싫어했고, 그 점은 티스 역시 마찬가지였다.

"사이가 좋아진다고 전투력까지 강해지는 건 영웅 소설에나 나오는 이야기겠지?"

티스가 말했다.

"그거대로라면 시골 마을이 오크 떼들에게 왜 쓸려 나가겠냐? 시골 마을 사람들이 얼마나 사이좋은지 모르지? 거긴 외지인 하나 죽여도 같은 마을 사람이 저지른 짓이면 마을이 함께 묻어 버리는 정도는 일도 아니야."

그게 어째서 사이가 좋다는 기준이 되는지는 모르겠으나

샨은 그냥 깊게 생각하지 않고 납득하기로 했다.

그러나 던전을 탐험하고, 또 탐험해도 티스가 원하는 채찍은 나오지 않았다. 역시 고대인들에게도 채찍은 그리 대중적인 무기가 아니었던 모양이다.

"하긴 생각해 보면 채찍은 언제나 악당이 쓰는 무기였지. 악마가 지하에서 소환돼 불이 넘실거리는 채찍을 휘두르면 성검을 든 용사와 일행들이 나타나서 세계 평화를 지키잖아."

"크롬, 너 지금 나보고 악당이라 하는 거냐?"

크롬은 시선을 돌렸다.

그렇게 며칠 후, 에론 형에게서 편지가 왔다.

아마 그 검을 받고 고맙다는 말을 전하기 위해 온 것이리라. 샨은 봉투를 품속에 갈무리하고는 톱니바퀴를 챙겼다.

각 던전마다 크고 작은 톱니바퀴들이 나왔다.

모은 건 총 5개.

이 정도면 참 많이 모았다 싶다. 샨은 톱니를 품속에 넣고는 순간이동 게이트를 열었다. 크롬과 처음 갔을 때 보았던 톱니바퀴의 방. 아득히 별이 보이는 이세계 속에 샨은 발을 담갔다. 그때 티스가 물었다.

"거기 가?"
샨이 말했다.
"응, 조사할 게 있어서."
티스는 말없이 샨과 함께 포털에 몸을 맡겼다.

7.

티스는 샨을 혼자 두지 않는다. 율케스라면 모를까, 샨이 혼자서 어딘가에 가는 것을 불안해한다. 그렇기에 티스가 샨에게서 눈을 떼는 건 샨 곁에 누군가가 있을 때뿐이다.

'살든 죽든 아무래도 상관없다고 생각했던 그때를 생각하면 장족의 발전이지.'

발아래로 잔디가 밟혔다. 비 온 후에 풍기는 싱그러운 향기가 안을 가득 채웠다. 하늘에서는 별빛이 쏟아질 것처럼 흘러내렸다.

그 가운데 류인 황자가 중앙 석상 위에 앉아 있었다. 그는 마력의 파동을 느꼈을 텐데도 눈길조차 주지 않고 노래를 불렀다.

소년이 하나 있었지…… 음……

소년 둘이 있었지.

하나는 장대 위에서 걸었고,

다른 하나는 그림자로, 그림자로…….

장대 위의 소년은 밝은 곳으로,

추락한 소년은…… 음……

장대를 꺾어 소년을 떨어뜨리자.

소년을 장대 위에 건 자들을 찢어 버리자.

추락한 소년을 잡아먹자.

소년이 하나 있었지…… 음……

소년이 하나 남았지.

본인의 이야기일까. 아니면, 다른 누군가의 노래? 그는 겨울을 맞은 냉혈 동물처럼 천천히 반복해서 노래를 불렀다. 낮고 느린 목소리로.

샨과 티스는 미리 전투를 준비한 상태에서 가만히 그의 노래를 들었다.

별빛이 류인의 어깨 위로 부서져 내렸다. 날카로운 빛 조각조각을 깊게 들이마시며 그는 미친 사람처럼 한참이나 웃었다. 이윽고 그가 샨을 돌아보았다.

“기다렸어. 한참을.”

“언제부터 이 장소를 알고 있었죠?”

샤의 말에 그가 답했다.

“네가 이 던전에 오기 전부터.”

그에게서 소독약 냄새가 났다. 소매가 큰 새하얀 옷. 입고 벗기 쉬운 옷차림이다. 샤은 그게 무엇인지 단박에 깨달았다.

“어디 편찮으신 겁니까?”

환자복이다. 그에게서는 병자의 냄새가 났다. 평소에 아무것도 거리낄 것 없이 강해 보이던 그와는 달랐다.

‘이번에도 환영일까?’

그는 항상 실제에 한없이 가까운 분신을 보내지 않았던가.

시각뿐만 아니라, 촉각과 청각까지 완벽한 분신. 그렇기에 방심할 수가 없었다.

류인 황자는 머리에 왕관을 쓰고 있었다. 커다란 왕관이 그의 머리카락 위로 미끄러져 비스듬히 흘러내렸다.

“오늘 폐하께서 서거하셨어.”

“…….”

“아직 외부에는 알리지 않았지만.”

그는 왕관을 벗어 손가락으로 빙글빙글 돌리더니 티스를 향해 던졌다.

"가져."

티스는 왕관을 낚아챘다. 루비가 빽빽하게 박힌 왕관이다. 순금에, 황제를 상징하는 용의 문양이 아로새겨져 있었다. 티스가 말했다.

"너, 본체구나."

"그래. 그리고 그것도 진짜 왕관이고."

티스는 쓴웃음을 지었다. 모자보다는 묵직했지만 칼보다는 가벼웠다. 고작 이런 순금 모자를 얻기 위해 우리는 지금까지 그토록 싸워 왔던 걸까?

후회는 없었다. 살기 위해서였으니까. 자신의 목숨은 타인의 목숨보다도 무거웠으니까. 그러나 그 타인의 목숨 중 그 무엇도 지금 손에 들고 있는 이 작은 왕관보다 가벼운 것은 없었다.

티스가 물었다.

"이거 부순다?"

그 말에 류인 황자가 다리를 휘저으며 웃음을 터뜨렸다. 히스테릭한 웃음소리가 별을 가른다.

"진짜냐? 진짜! 하하하, 역시 티스 너다워. 내가 마지막까지 죽이지 못한 놈은 역시 너뿐이야."

"주변은 모두 정리한 모양이군."

"응응, 모두 정리했어. 황자라는 지위도 받을 수 없는 먼 사생아부터, 그들을 지지했던 추종자 부스러기들까지도 전부. 이제 너 혼자 남았어."

"그래서 나마저 정리하려고 온 건가?"

티스의 얇은 입술 위로 혈향이 어린다. 샨은 카이를 이 자리에 함께 데려오지 못한 것을 후회한다. 여기는 차원 위에 덧씌워진 이세계다. 카이를 부르기가 쉽지 않다.

티스는 샨을 등 뒤로 밀어 넣는다. 그가 입술만으로 이렇게 속삭였다.

'넌 도망가 있어.'

"싫어. 혼자 멋진 역할 하게 해 줄 줄 알고?"

'내가 떠나면 넌 죽을 거잖아.'

샨은 차마 이 말을 꺼낼 수 없었다. 말이 씨가 되듯, 티스가 어떻게 알았냐는 듯 저질러 버릴 것 같아서.

류인 황자가 다시 광소를 터뜨린다.

"하하하, 뭐 벌써부터 겁을 먹고 그래? 난 싸울 생각이 없어. 진짜로 싸울 요량이었으면 환영이 이 자리에 있겠지, 이 몸이 직접 여기까지 왔겠어?"

샨은 차갑게 식은 티스의 검지를 붙잡았다. 그러고는 류인 황자에게 물었다.

"왜 오신 겁니까?"

"오늘 하루는 배달부가 되기로 했거든."

"배달이라뇨?"

류인 황자가 검지를 들었다.

"그 왕관."

"이게 뭐?"

"말했잖아. 너 가지라고. 티스, 아니 티메리스 황자. 다음번 황제의 자리는 당신이 갖도록 해. 당신은 황자 중에서 가장 낮은 자였고, 그럼에도 가장 현명하고, 가장 끈질겼지. 자격이 있어."

티스의 붉은 동공이 폭발한다.

"무슨 개소리야—!"

고함 소리가 대기를 찢는다. 그의 살의가 한순간 폭발한다. 상처 입은 짐승이 고함을 지르듯 티스의 억눌려 왔던 한이, 차갑게 식혀 왔던 분노가 터졌다.

"지랄하지 마. 왕관이 장난으로 보여? 이게 장난감이야? 개소리하지 마, 이 X발 새끼야—!"

샨은 티스의 팔을 끌어안았다. 이대로 두면 티스가 저

멀리 튀어 나가 버릴 것 같아, 그렇게 되면 두 번 다시는 돌아올 수 없을 것만 같아서.

류인 황자가 말했다.

"누굴 살인마로 알아? 그게 장난이었으면 내가 왜 굳이 내 친혈육들을 찢으며 다녔겠냐? 나도 갖고 싶었어, 왕관. 하지만 어쩔 수 없게 되었는걸."

그가 흰 치아를 드러내며 웃었다.

"나는 세계의 경계를 걸을 거야."

티스가 결국 샨을 뿌리쳤다. 어찌할 수도 없이 티스의 채찍이 그의 목을 찢었다.

단말마 대신 그가 속삭였다.

— 나는 바다를 건너는 나비가 될 거야.

〈다음 권에 계속〉

부록

설정집

카이

DREAMBOOKS★

DREAMBOOKS